澄守彩
Sai Sumimori
［イラスト］
弱電波
Illustration JackDempa
ドラゴンに三度轢かれた俺の転生職人ライフ
～慰謝料《スキル》でチート&ハーレム～
UG novels

セイラ
リィル

ダルク
クオリス

「何をしておる？
はよう服を脱がぬか」

UG novels

ドラゴンに三度轢かれた俺の転生職人《スキル》ライフ

～慰謝料でチート＆ハーレム～

澄守彩

Sai Sumimori

［イラスト］

弱電波

Illustration JackDempa

三交社

ドラゴンに三度轢かれた俺の転生職人ライフ
～慰謝料《スキル》でチート＆ハーレム～

［目次］

Contents

プロローグ
『とある職人の野望』
003

第一話
『ドラゴン転生×3
～新たなる人生の始まり（四度目）』
011

第二話
『旅の途中で大儲け』
077

第三話
『開店準備をしよう』
141

第四話
『職人、危険度Ｓの魔物に挑む』
197

エピローグ
『とある職人の決意』
243

『リィルの宝物』
257

プロローグ

とある職人の野望

ギルラム洞窟。

いわゆるダンジョンというところに、俺は単身で潜っている。

最近発見された新しいダンジョンで、冒険者たちがこぞって探索を行っている最中だ。

今のところ、公式に確認されたのは十四階層まで。Sランク冒険者のパーティーであっても、地図を作りながらではなかなか先には進めない。

それほど広大で、危険なダンジョンだった。

で、俺は今、そこより深いところまでやってきた。地下十九階層だったっけ？

ちなみに、俺は冒険者ではない。

そもそもステータスが極端に低い俺は、Dランクの冒険者にもなれなかった。

ダンジョンに潜っているのも当然、攻略が目的ではなかった。だいたい攻略で単身とかあり得ない。まあ俺、基本ぼっちだからパーティーなんて組めないけど。

とにかく、俺の目的は――。


ぽっかりと開けた場所にたどり着いた。

洞窟内は壁面から淡い光がにじんでいるので視界は良好だ。

漆黒の全身鎧を身に着け、右手には『鋼の剣』、左手には『鉄の大盾』を装備している俺。

剣と盾は特殊効果も何もない、Cランク冒険者の標準的な装備品だ。

グールが二十体ほど、俺を見つけてのそりと近づいていた。

動きが遅く、まさしく腐った死体な感じの連中はしかし、わりと強い。見た目は死んでいるのに、べらぼうにHPが高いので、なかなかやっつけられないのだ。

だが連中は火に弱い。火炎系の魔法をぶっ放せば、面白いようにHPが削れる。

ただ残念なことに、俺は魔法が使えない。

魔力が極端に低い俺は、魔法を覚えてもたいした威力にはならず、役に立たないのだ。

グールが「おばぁ～」とか「ぼへぇ～」とか気持ち悪い声を出して、俺に寄ってきた。

走って逃げられる速度に思えるが、ひとたび連中に背を向けると、ありえないくらい元気に走ってくる。ぶっちゃけ馬より速い。

ふふ、でもね。

逃げるなんて、とんでもない。

だって俺、このグールどもに用があってこんな奥深くまで来たんだもん。

俺は右手で『鋼の剣』を強く握り、構える。

そして――。

【火】属性で強化を重ねる。『鋼の剣』が『煉獄の鋼剣』に進化した。特殊効果『火炎一閃』が新たに付与される。

武具やアイテムに【火】【風】【水】【土】【聖】【闇】【混沌】の七属性を付与して強化する。

それが【アイテム強化】と呼ばれるスキルで、俺はそのランクが最高のＳ。

強化された武具やアイテムは、付与した属性の種類によって性能が上がり、特殊効果がつくときもある。で、名前も変わって進化する場合があった。

俺は『火炎一閃』を発動する。

横薙ぎに空気を裂いた剣から、炎の帯が飛び出してグールどもを襲った。

炎はグール一体一体を絡めとり、メラメラと燃え上がる。連中のＨＰがどんどん減っていき、やがて炎とともに腐った体が跡形もなく消え去った。

ぽわんぽわんぽわわわわん♪

気の抜けた音がそこらで鳴り響き、グールたちからアイテムがドロップした。

陶器製の小瓶が多数。中身は『麻痺毒』だ。

それらの中に、どす黒い色をした鈴が落ちていた。

これこそ、今回俺が求めているアイテムだった。


俺はダンジョンを攻略に来たのではなく、たんに素材集めがしたかったのだ。

だって俺、『アイテム強化職人』だし。

「いきなりドロップするとはラッキーだったな」

俺は『麻痺毒』の小瓶ともども、鈴を腰の袋へ放りこむ。

『麻痺毒』はひとつだけ手元に置いて、【聖】属性を重ね掛けして強化する。『麻痺毒』は『MP回復薬』に変わった。

ごくりと飲んでMPを回復。

俺は魔法が使えないけど、剣や防具の特殊効果を使うにはMPが必要で、俺の最大MPはこれまたしょっぱいので、こまめに回復させないとマズいのだ。

開けた空間の奥、いくつもの穴からグールがのそりのそりと現れた。

俺は『鋼の剣』あらため『煉獄の鋼剣』を握りしめ、さらなる素材回収に暴れ回った――。


『煉獄の鋼剣』が壊れました。

特殊効果を使いすぎたか。

ちょうどグールの猛攻もひと段落したことだし、俺はそこらに散乱しているドロップアイテムをかき集め、腰の袋にぽいぽいと入れた。

袋の容量を明らかに超える数だが、この不思議袋にはまだまだ余裕がある。なので気にしない。

さて、目的は達した。剣も壊れたし、撤収するかね。

グールからドロップするレアアイテム、『怨念の鈴』は七個集まった。

そのうちのひとつを手にし、俺は【聖】属性と【混沌】属性で強化する。

すると、『怨念の鈴』は『郷愁の鈴』へと成り変わった。

これを、ちろちろりん♪　と鳴らすと。


ばびゅんっ。


景色が一変。

殺風景な部屋の中に、俺はいた。見慣れたここは俺の自室だ。

手にした鈴がぷるぷる震え、音もなく砕け散る。さらさらと空気に溶け、跡形もなく消え去った。

『郷愁の鈴』は一回使うと壊れてしまう、儚いアイテムなのだ。

で、どこにいようと拠点（この場合は俺の部屋）に一瞬で移動させてくれる、超々便利なアイテムなのである。

今のところ、俺が住む街で『郷愁の鈴』は販売していない。『錬金術』ではまだ作成方法が発見されておらず、誰にも作れないからだ。

この激レアアイテムを作れるのは、この世界では（たぶん）俺だけ。

『アイテム強化職人』であり、そのためのチート能力を兼ね備えた俺にしかできない芸当なのだ。

何が言いたいかというと、これを大量に作って販売すれば、大儲けができるはずっ。

お金が貯まったら、ちょっと高価なアイテムを買ってみるかな。それを強化したら、どんなアイテムに進化するのか？　わくわくが止まらない。

『郷愁の鈴』ができたときは震えたものだ。

これは売れるっ！　と直感したね。

俺は全身鎧を脱ぎ去り、エプロン姿に成り変わる。

いそいそと営業準備を整え、入り口の札を『準備中』から『営業中』にひっくり返す。

うふふ。今日はどんなお客さんがやってきて、俺の強化で笑顔になって帰ってくれるかな？

不安と期待が入り混じるこの瞬間もまた楽しい。


『アリト強化工房』。

俺の名を冠した小さなアイテム工房だ。今の俺の肩書は、『アイテム強化職人』。まだ小さなお店だけど、これからどんどん大きくするのが俺の夢。

あれ？　でも待って？

そもそも俺が職人になったのは……。

俺は十五年前——生まれたばかりのころを思い出していた——。

一話

ドラゴン転生×3
～新たなる人生の始まり（四度目）

俺は冒険者に憧れ、その道を必死で生きてきた。

けれど実力が伴わず、四十歳を迎えてなお、荷物持ちがせいぜいの有様だ。

若く血気盛んな冒険者パーティーを転々としては、荷物持ちで小銭を稼ぐ毎日。ちなみに素人童貞だ。

衰える体。

擦り切れる心。

諦めかけては初心を思い出して奮い立たせるも、体と心がなかなかついてきてくれない。

それでも俺は、冒険者で名をあげたくて、この道で成功したくて、もがき続けていた。

そんな、ある日――。


俺はドラゴンに轢かれて死んだ。


たぶん即死だったと思う。痛いと思う前に、意識がぷっつり途切れたのは幸いか。

次の瞬間には、真っ白な空間にふわふわ浮いていた。

俺の目の前には、白銀の鱗を持つ巨大なドラゴンがいた。ものすごい勢いで俺を轢き殺したドラゴンに間違いない。くそっ、俺の魂までも喰らいに来たというのか。

ところが、である。

『ごめんなさい。風の精霊たちとおしゃべりしていまして、貴方に気づかなくて……』

唸るような声にビビりまくるも、ずいぶん腰の低いドラゴンだなと思う。

白銀のドラゴンは長い首をうなだれて、申し訳なさそうにしゅんとしている。

『刃を向けて挑んでくる者に情けはかけませんが、今回はわたくしの不注意によるもの。我が力の一端をお渡しし、新たなる人生を歩んでください』

ドラゴンがそう言うと、その巨躯が背景の白に溶けていく。

『わたくしはセイント・ドラゴン。あなたの魂に、【聖】属性を授けましょう……』

声は、だんだんとかすれていき、やがて俺は赤ん坊として産声を上げた。

たしかに俺には【聖】属性が付与されていた。人族では十万人に一人、いるかどうかの激レア属性だ。

しかも俺は転生前、【火】属性を持っていたのだが、それも残っていた。さらに、新たな生で付与された【風】と併せて三つの属性持ちとなったのだ。

三つの属性持ちはかなりのレア。

属性が多ければ相性のよい武具やアイテムも多くなり、必然、ステータス値以上の力が発揮できる。しかも強力な装備になればなるほど複数の属性を持ち、使用者の属性とぴったり嵌まれば相乗効果でさらに強くなるのだ。

イケる！　と俺は思った。

今度こそ冒険者として名を馳せることができると、信じて疑わなかった。

が、大成しなかった。

子ども時代は将来を期待されながら、まったくもってなんの成果も得られないうちに、俺はまたも素人童貞のまま四十歳を迎え――


ドラゴンに轢かれて死んだ。


再びの白い世界。

今度は真っ黒な鱗に覆われた巨大なドラゴンがいた。

『やー、マジゴメン。まさかあんなとこに人がいるなんて思わなくってさー』

ギャルっぽい口調ながら唸るような声に俺は心底ビビる。でもやっぱり低姿勢だ。

『敵なら容赦しないけど、調子に乗って飛ばしてたアタシが悪いんだよね。お詫び？　ってほどのもんじゃないけど、アタシの力をちょっちあげるから、それで転生して許してよ』

漆黒のドラゴンは軽薄に言うと、その巨躯が背景に混ざっていく。

『あ、アタシ、ダーク・ドラゴンだよ。キミの魂に、【闇】属性をつけちゃうね♪』

声はだんだんかすれていき、やがて俺は産声を上げた。

ダークさの欠片もないダーク・ドラゴンの言葉どおり、生まれ変わった俺には【闇】属性が付与されていた。しかも前世の【聖】、【火】、【風】に加え、新たな生には【水】も付与されていたのだ。

五つの属性を持って生まれた人間が、今までにいただろうか？

周囲が期待に盛り上がる。歴代の勇者、英傑に匹敵する神童が現れたと、それはもう有頂天だ。

今度こそイケる！　と俺は思った。

これで勇者級の活躍ができないわけないじゃない？　と余裕をぶっこいていた。

そんな俺はまたまたドラゴンに轢かれて死んだっ。

今度はまあ、前世や前前世に比べれば、いくらかマシな活躍はできた。

でも一流には程遠い、二流のちょっと手前くらい。

しかもめちゃくちゃ努力して、それこそ娼館に通う暇もなく、今回の人生では完全無欠の童貞のまま、俺はまたも四十歳を迎えたところで、非業の死を遂げてしまったのだ。

こんなことなら十代のちやほやされていたころに、えり好みせず童貞を捨てていればよかったと後悔する。

「二度あることは三度あるとは言うけどね。これはちょっとあんまりじゃない？」

今まではひと言も話さず転生されてしまったが、さすがに不満をぶつけたくなった。

こんこんと三度の人生の不遇っぷりを訴える。

『ふむ。一度でも稀少な体験であるのに、三度目ともなれば、これはもはや呪いの類を疑うべきだのう』

くすんだ灰色の鱗を持つ巨大なドラゴンは、三度目にしてようやくそれらしい口調だった。

『許せ。我もまた前方不注意であった。この力、わずかではあるがそなたに与えよう。次こそは幸多からん人生であることを』

灰色のドラゴンが重々しく言うと、その巨躯がかすれていく。
『我はカオス・ドラゴン。三神竜の一翼として、そなたの魂に【混沌】属性を刻まん』
声はだんだんかすれていき、俺は産声を上げた。
すぐさまステータスをチェック。

＝＝＝＝＝＝＝＝＝＝＝＝＝＝＝＝＝
属性：火、風、水、土、聖、闇、混沌
＝＝＝＝＝＝＝＝＝＝＝＝＝＝＝＝＝

全属性、コンプリートですっ。
しかも【混沌】属性は魔物やアイテム専用。人族や亜人は持ち得ない属性だ。
こんなの、神様にだっていないだろう。
七つの属性を持った俺は、まさに神に匹敵する力を得たに違いないっ。

――なんてこと、思うわけないだろっ！

三度の人生で、悟った。

俺は基本性能がものすごく低いっ。そして成長性も。それが魂レベルで決定されているに違いないっ。

だからといって、俺は冒険者を諦めたくはなかった。

こうなったら意地である。

前世も、前前世も、前前前世も、俺は冒険者を目指してがんばってきたのだ。仮にカオス・ドラゴンが言ったように、『冒険者になればドラゴンに轢かれて死ぬ』呪いがかけられていようとも。

俺は、冒険者になりたい。絶対になってやりたいっ。それで大成したいっ。

だが現実は非情だ。

俺には才能がない。冒険者として大成するには、圧倒的に潜在能力が足りていない。

ではどうするか？

俺は生まれたばかりの頭で必死に考えた。

そうして出した結論は——。

「オギャアッ！（そうだっ！）オギャァアーーーッ！（アイテム強化職人になろうっ！）」

自分自身が弱いなら、武器や防具、アイテムで補えばいいじゃないっ！

それを可能とするのが、アイテム強化職人だ。

剣に【火】属性を付与すれば攻撃力アップ。

鎧に【水】属性を付与すれば自動回復が付く。

回復薬に【闇】属性を付与すれば、呪いの毒薬に早変わり。

【土】と【聖】を組み合わせると、鉄壁な魔法防御のできあがり。

そして人や亜人では持ち得ない【混沌】属性を付与すれば、まったく新しい効果が得られる可能性大っ！

俺は全属性をコンプリートした。

属性を付与してアイテムを強化する職人には最適だ。

その技能を極め、いずれは自分にふさわしい伝説級の武器や防具、便利アイテムで武装して、今度こそ冒険者で成り上がってやるっ。

ついでに。

「オギャアア（脱素人童貞）、オギャアアア……（できたらいいなあ……）」

☆

この世の狭間で、巨大竜が相対す。
一方は白銀の、もう一方は灰色のドラゴンだ。
そこへ、漆黒のドラゴンも現れた。
『やーゴメンゴメン。待ったー？』
『いや、我らも先ほど着いたところだ』
『半年くらいでしょうか？』
ドラゴンは気の遠くなるほどの長命であるため、うたた寝で数年の感覚なのだ。
三匹の巨竜は顔を突き合わせ、久々の再会を喜ぶ。
『セイントちゃん、ちょっち痩せた？』
『そう見えますか？　えへへ♪』
『ダーク・ドラゴンはまた日焼けしたようだが？』
『わかる？　最近は南の海で暮らしててさー』
わいわいキャッキャと女子トークを繰り広げる。
やがて、集合をかけたカオス・ドラゴンが本題を切り出した。
『時に、お主らに尋ねたいことがある』
小首（と呼ぶには大きく長い首）をかしげる他の二竜。

『お主ら、人間を轢き殺して転生させたことはないか？』

『わたくし、八十年ほど前に一度……。魂に【聖】属性を授けました』

『アタシは四十年くらい前かなー？　前をよく見てなかったんだよねー。ちな【闇】属性をあげたよ？』

『我もつい最近、同じことがあってな。【混沌】属性を刻んでやった』

三竜は黙する。

『同じ人……なのですか？』とセイント・ドラゴン。

カオス・ドラゴンが首肯《しゅこう》する。

『マジで……？』

再びの首肯。

『そのような偶然があるのでしょうか？』

『いやいや、どんだけ運が悪いのよ』

『我も呪いの類を疑ったが、どうもそうではないらしい。気になって転生後の彼奴の魂を覗いてみたのだが、それ以前に問題があってな』

ん？　と二竜はまたく首をかしげる。

『魂レベルで低スペックが約束されていた。しかも成長性まで著しく低い』

ゆえに、まるで大成しないまま三度の人生を棒に振った、と付け加える。

『そんな……』

『あちゃー……』

二竜は、属性を与えただけで十分と考えた浅慮を恥じた。

カオス・ドラゴンも同様だ。

『我らには、彼奴の生を奪った責がある。しかも不遇の人生を追加で二回も強いてしまった』

『まだ今回もそうだと決まったわけではありませんよ』

『かもしれん。が、逆に七つの属性を得た彼奴が慢心し、早期に死地へ飛びこむ可能性が高まるとも考えられる』

『たしかに……』

『あるかもねー』

セイント・ドラゴンが決意を瞳に宿して言う。

『仮にも神に連なるわたくしたちが、そのような不始末を放置してはおけません』

『だよねー。でもどうするの？　アタシらが人に与えられる恩恵って、一個人に一回だけだよ？』

『厳密には、〝一度の人生で〟ですね。魂を同じくしても、転生した後なら別の人生と考えてよいでしょう。ですから、もう一度だけ与えられるのではないでしょうか？』

『そっか。ならアタシ、なにをあげよっかなー？』

聖と闇の二竜が話すのを、混沌の竜は寂しげに眺めていた。

『そいや、カオスちゃんは今回の人生で恩恵与えちゃったから、もう無理め？』

『……』

『仕方ありませんね。ですが【混沌】属性は本来、人の身には宿らぬもの。すでに破格の恩恵を与えていますから、それでよいのではありませんか？』

『……』

『とりまセイントちゃん、アタシらはどうする？　なにあげる？』

『そうですねえ……。これからゆっくり考えます』

『あれ？すぐあげに行かないの？』

『今はまだ生まれて間もないですから、もうすこし大きくなってからがよいのでは？』

『あー、そだね。んじゃ、アタシもそれまでに考えとくかー。あ、でもさ、この姿だとびっくりしちゃわない？』

『そうですね。人に姿を変えなければならないでしょうか』

『あれやるとしばらく元に戻れないんだよねー。力も制限されちゃうし』

『でもわたくし、久しぶりに人の街で暮らしてみたいです』

『だね。わりと楽しかったりするし』

二竜が楽しげに話す様を、カオス・ドラゴンは半眼で眺めている。

(我だけ仲間外れ……)

ちょっとどころではなく、悔しい。

(しかし、『人生で一度きり』の掟を破るには……うーむ……)

カオス・ドラゴンはこれより十数年間、この場で悩み続けるのだった——。

★

四度目の人生では、俺は『アリト』という名の平民だった。

何の変哲もない子どもが七つの属性すべてを持つと知れば、周囲はどう反応するだろうか?

前世や前前世では、所有属性はもっと少なかったが、俺は『神童』扱いされたものだ。特に前世はすごかった。

今回の人生でもちやほやされてみちゃう?

否っ、である。

今回俺は、当初は冒険者になる道を進まないと決めた。

だが、七属性をコンプリートした神のごとき子どもは、おそらく冒険者に仕立て上げられてしまうだろう。そのための英才教育が俺の子ども時代を束縛するに違いない。前はそうだった。

だから今回の人生で、俺は自分の特殊性を秘密にしようと決めた。

あくまで、冒険者になるまでは、だけどね。

幸い生まれた村はド田舎で、稀少スキル【鑑定】を持つ者が訪れるようなところじゃない。俺は全属性コンプリートしていることは誰にも秘密にし、のほほんと育っていた。


五歳になり、俺は村の外を腕組みしながら考えていた。

アイテム強化職人になって、強力な武具やアイテムを俺用にカスタマイズする。

そうして最強の冒険者に成り上がるのだっ。

その野望を実現するため、俺は何をすべきだろうか？

アイテム強化職人になるためには、【アイテム強化】スキルを覚える必要がある。

そしてスキルを覚えるには、相応のスキルポイントを貯め、交換しなければならない。

古き神々がこの世界に与えた恩恵のひとつ、『スキルシステム』だ。

スキルには相性があり、誰でも同じスキルポイントを消費して覚えられるわけではない。

相性が悪ければ多くのスキルポイントが必要で、逆に相性がよければ少なくて済む。

で、俺はといえば。

教会の神父さんに『おおきくなったら、あいてむきょうかしょくにんに、なりたいですっ』と幼子らしい笑みを添えて言ったところ、【アイテム強化】スキルの必要ポイントを教えてくれた。

E：1000
D：2000
C：3500
B：7000
A：15000
S：45000

EからSは、スキルランクを表している。
それぞれの数値は、Eならスキルを覚えるのに必要なスキルポイント、他はランクアップに必要なスキルポイントだ。

【料理】とか【鍛冶】とか職業系スキルで仕事をこなせると認められるのは、最低でもC。
つまり俺がアイテム強化職人として独り立ちするには、一〇〇〇＋二〇〇〇＋三五〇〇の計六五〇〇ｐｔを稼がなくてはならない。

俺はひとまず安心していた。

職業系のスキルだと、相性が悪ければ覚えるだけで数千ｐｔを要し、そこから先はさらなる地獄が待っている。

結果だけ見れば、俺と【アイテム強化】スキルの相性は『そこそこ良い』くらいだった。

スキルポイントは日常生活でもいつの間にかちょびっと増えているので、幼児の俺でも今から意識して稼いでいけば、十歳くらいで最初の一〇〇〇ｐｔはクリア可能。

十五歳になるころにはＤへのランクアップもできるだろう。

その歳になれば、大きな街で弟子入りし、数年でランクＣになって独立できる。

あとは全属性を持つ特性を生かし、アイテムを強化しまくって、なる早でＡまで上り詰めるのだ。

ランクＳなんて無理ゲーだから、俺の冒険者の戦いはそこから始まる。

弱冠五歳にして将来設計がばっちりな俺。

内心でうふふふと気持ち悪く笑いながら小道を歩いていると。

「こんにちは。坊や、何か悩んでいるのですか？」

涼やかな声が俺にかけられた、らしい。

辺りをきょろきょろしても、俺とその人以外、誰もいない。

俺は声の主に顔を向けた。

金髪がきらめく、とびきりの美少女だった。

見た目は十七、八歳といったところ。地面につくほどの長い髪を三つ編みに束ねている。白い神官風の衣装はゆったりめだが、はちきれんばかりの双丘がたゆんと揺れていた。

愛らしい笑顔で俺に近づく彼女。

とても清楚だ。後光が差しているような神聖な雰囲気を醸している。

俺はあたふたと落ち着かない。

三度の転生を経た俺は百二十五年ほど生きている計算になるが、これほどの美少女にお目にかかったことはなかったのだ。

「いきなり声をかけて、ごめんなさいね。でも、何か悩んでいるようでしたので、気になってしまって」

俺はバラ色の将来を思い描いてウキウキだったのだが、他人様からだと苦悶の表情に見えたのだろうか？

「いいいいいえ、ぼ、ぼくはべべつに……」

近寄ってくる美少女に俺はキョドりまくりだ。

それがまた、彼女に心配をかける結果となったらしい。

「可哀そうに……。きっと将来が不安なのですね」

ん？　いくらなんでも五歳のガキが『将来が不安』で悩んでいると、ふつう考えますかね？

このお姉さん、ちょっとズレてるのかな。天然？

などと考えているうちに、お姉さんは俺に肉薄し、屈みこんで――むぎゅり。

「ッ!?」

「大丈夫ですよ。大丈夫、大丈夫……」

俺を抱き寄せ、たゆんたゆんの胸に顔を押してつけてくれてますけどなんのご褒美っ!?

最初こそ動揺しまくりだったが、極上の柔らかさに心穏やかになっていく。

ああ、幸せだ……。

このまま永遠に、おっぱいに顔を埋めていたい。

脳が蕩けるほどの夢見心地の中、お姉さんの声が反響して聞こえてくる。

「本来、神竜たるわたくしが人に恩恵を与えられるのは一度のみ。ですがあなたは転生したため、今は別人とも言えましょう」

くわんと頭が揺れる。俺は朦朧とし始めた。

「今度こそ、あなたが幸せな人生を送れますように。これは、わたくしからのささやかな贈り物です」

何、を、言って……るんだ……？

「そして、忘れてください。わたくしとの再会は、浮かんで消える泡のようなもの。では、よい夢を……」

だんだんと、俺の意識に靄《もや》がかかっていき――

…………………………

「――――はっ⁉」

俺は目を覚ました。

あれ？　なんで俺、道端で寝てたんだ？

むくりと体を起こし、記憶をまさぐった。でも――思い出せない。誰かに会ったような気がするけど、誰だかは覚えていなかった。

その夜。

今日はどのくらいスキルポイントが貯まったかなー、とステータスをチェックしてみたら。

SP：100101

「おぉっ！　ついに百を超えて…………ん？　いち、じゅう、ひゃく、せん、まん…………じゅうみゃあんいぇおわっ⁉」

はあっ⁉　えっ？　なんで？　十万？　一日で？

まったく意味がわからず、とりあえずその日は寝たが、次の朝から数日にかけて何度確認しても、十万の数値が減ることはなかった。

一週間後。

俺は教会に赴いた。

ド田舎の村にある教会はたいして立派ではないが、唯一の石造りの建物だ。兼業農家でもある神父さんは畑に出かけていて不在で、礼拝堂にはお婆さんがうとうとしているだけだった。

俺は主祭壇ではなく、端っこにちょこんと置かれた小さな祭壇へ歩み寄る。

ふつう、スキルを覚えたいときは神父さんにお願いする。

だけど不在がちな神父さんはこの祭壇に『スキル修得術式』を施していた。わりと有能な人である。

ここなら、一人で勝手にスキルが覚えられ、ランクアップもできるのだ。

祭壇に手をかざすと、半透明のガラス版みたいなのが浮かび上がった。ステータスを見るときと同じ感じだ。しかしステータスは自分にしか見えないのに対し、こちらは他人の目にも映る。

俺はきょろきょろと辺りを確認。お婆さん、まだ寝てる。他には誰もいない。

周囲の確認を終え、画面の項目に手を触れると、別の表示になった。操作を続けると。

――【アイテム強化】スキルを覚えますか？（必要SP：１０００）

こんな表示になった。『はい』を選択する。ぴろんと軽快な音が鳴り、俺はびっくりして振り向き、お婆さんをチェック。まだ寝てた。安心して目を戻すと、『完了しました』の文字が。

ステータスをチェックすると、俺のスキル欄に【アイテム強化】が追加されていた。ランクはもちろん、初期値のＥだ。

続けて同じ項目を選択する。今度はランクアップするかを問われた。もちろん『はい』を選ぶ。

それを、繰り返して。

ステータスをチェックすると。

【属性】
火、風、水、土、聖、闇、混沌

ＨＰ：10／10(20)
ＭＰ：3／3(10)
体力：E－
筋力：E－
知力：E－
魔力：E－
俊敏：E－
精神：E－

ＳＰ：26,605

【スキル】
アイテム強化：S

俺は、五歳にして【アイテム強化】スキルがランクSになりました。
ついでにスキルポイントが万単位で残っています。

★

十歳になった俺は、村に住む唯一の【アイテム強化】スキル持ちのトムさん宅へ通うようになった。

ドワーフのおじさんで、農作業の傍ら、主に農具を修理したり強化したりしている。

俺の【アイテム強化】のランクがSなのはもちろん、覚えたことさえ誰にも秘密。

でも将来の夢はみなが知っているので、俺は今から修行していると、周りからは微笑ましく捉えられていた。

「ドワーフってのはな、0から10を作るのを夢見る種族だ。1のものを10にしようってのは、邪道扱いさ」

トムおじさんは同じ話を何回もするのが毛嫌いされる一因になっていた。

それでも俺は素直な子どもを演じて聞き入るふりをする。

「でも俺ぁ、とにかく10のもんが作りたかった。0から作るってのは、人族より長命の俺でも時間がかかる。だからアイテム強化職人を志したのさ」

ここから先は、若くしてドワーフの集落を飛び出し、有名なアイテム工房を転々とした武勇伝がメイン。

でも、トムおじさんは挫折した。

属性をひとつしか持たなかったトムおじさんは、才能ある者たちを目の当たりにし、努力ではどうにもならない壁にぶち当たって、この村へ逃げてきたのだ。

何度も聞かされているが、涙を誘う話である。

俺も冒険者として三度の人生を経験し、ことごとく挫折したのだ。厳密には、挫折しかけたところでドラゴンに轢かれて死んだのだが。

「アリト、おめえにゃあ、才能があるっ」

ドキリとしてしまいそうな言葉だが、トムおじさんは懐いてくる子どもたちには例外なく同じことを言う。つまり、適当ぶっこいているだけなので安心だ。

俺はトムおじさんからなけなしの知識と技術を奪うべく、鍬の修理といえども真剣に手伝った。

柄を取り変え、先端の金属部分をやすりで磨く。

作業しながらも、おじさんはわりとよくしゃべる。

世間話や自慢話は聞き流しているが、中には参考になる話もあった。

「アイテム強化っつっても、無制限に強化を重ね掛けできるもんじゃねえ」

たとえば木を削っただけの棒に、【土】属性の強化を何重にもかけて神位鋼並の強度にしようとしても、無理である。

「アイテムには〝スロット〟の数があらかじめ決まっててな、スロット数以上の強化はできねえんだ」

冒険者時代（つまりは前世以前）に、ちらっと聞きかじったことがある。

アイテム強化は空きスロットに属性を付与して行うもので、空きを作らなければ強化できない。

元から強力なアイテムであればスロット数も多く、よりたくさんの強化ができる。

「そいつを見極めるのが、職人の腕の見せ所よ」

同じ木から作った木の棒でも、部位や作り方次第でスロット数が変わってくる。

知識と経験が物を言う、とトムおじさん。

「でも、それって【鑑定】スキルがあれば、すぐわかるんじゃないの？」

俺は聞きかじった知識で尋ねる。

トムおじさん、してやったりとにんまりする。どうやら俺の知識は拙かったらしい。

「いんや、無理だね。【鑑定】ってのは、人にしろ物にしろ、ステータス情報を知るためのスキルだ。だから『どんな強化が行われてるか』ってのはわかる。けどな、スロットの数やなんかは、いわば裏ステータスってやつってな、たとえランクSでも【鑑定】じゃわからねえのさ」

「じゃあ、本当に知識と経験と勘が物を言うんだね」

「あ、勘もあるよな。うん、職人の勘ね……」

トムおじさんは大きく咳払いをした。あ、誤魔化したな。

「ところが、だ。よく聞けよ？　スロット数を確実に知る方法はあるんだよ」

俺が大げさに「おおっ」と目を輝かせると、トムおじさんは勝ち誇ったように言った。

「それが【解析】スキルさ」

聞いたことがあるな。

【解析】は【鑑定】でも知り得ない、人や物の本質を明らかにできるスキルらしい。

トムおじさんによれば、アイテム強化においてはスロット数が事前に把握でき、細やかな強化も可能になるとかなんとか。

アイテム強化職人なら喉から手が出るほど欲しいスキルとのこと。

でも、たしかそれって……。

「ま、【解析】はふつうのやり方じゃ手に入らねえ、限定スキルだ。生まれつき持ってるんじゃなきゃ、覚えるのはまず無理だろうがな」

限定スキルとは、通常スキルと異なり、教会でスキルポイントを消費しても覚えられない。

ランクの概念がなく、それ単体で通常スキルのランクSを超える性能を誇るものが多い。

生まれつきという超幸運を除外すれば、激レアアイテムを使用したり、神の試練に耐えたりしなければならないのだ。その上で大量のスキルポイントを要求される場合があるからまた厄介だ。

入手は極めて困難。

でも、だからこそ、挑みがいはある。

【アイテム強化】がランクSの今、【解析】を手にすれば、アイテム強化職人として俺は怖いものなしになるからだ。

俺は新たな目標を定めた。

いつか【解析】を覚えること。

そのために、まずはしっかり情報を集め、入手方法を調べる。

場合によっては、アイテム強化職人として働く前に、それを手に入れる旅に出る必要があるかもしれない。

十歳の俺は覚悟を決め、力強く大地を踏みしめ家路を急いだ。今日の晩御飯は何かな？

村の中央を流れる小川にさしかかったとき。


「やっほー♪　ボクちん、お悩みとかないー？」


軽やかな声が俺にかけられた、らしい。

辺りをきょろきょろしても、俺とその人以外、誰もいない。

俺は声の主に顔を向けた。

茶髪に褐色の肌。イケイケな感じの美少女だった。

年のころは十五歳くらい。胸元が大きく開いたシャツに、短いスカート。耳や首、腕にも足首にも装飾品をいくつも付けている。ゆるふわウェーブの髪をかきあげると、はちきれんばかりの胸が前面に躍り出た。

「ふっふーん♪　オネーさんにはわかるよ？ぜったい悩みとかあるっしょ」

屈託のない笑みで俺に近づく彼女。

とてもエロい。もとい奔放だ。なんというか軽薄な——『拝み倒したらヤラせてくれそう』な雰囲気を醸している。

俺はドギマギと落ち着かない。

三度の転生を経て百三十年ほど。これだけの美少女にお目にかかったことはなかったのだ。なかった、よね……？

褐色美少女は上機嫌に近寄ってきて、「およ？」と首を傾げた。

ずいっと鼻先がくっつくほど美貌がすぐ目の前にっ⁉

驚く俺をよそに、彼女はちょっと訝《いぶか》るように言った。

「あっれ～？　なにコレ？　なんでスキルポイントが万単位であるの？　しかも【アイテム強化】がランクSだし。あ、もしかして、先を越されちゃったかな？」

最後の言葉はよくわからないが、俺はさらにびっくりした。

まさかこのお姉さん、【鑑定】持ちなのか？　そうでなければ説明がつかない。

「もしかしてボクちん、アイテム強化職人になりたいの？」

俺は混乱しながらもうなずいた。

お姉さんは「う～ん」と何やら考えこんでから、にぱっと笑った。

「んじゃ、アレにしよう♪」

すっと両手を伸ばし、俺の頬を優しく支えると、
ぶっちゅ～っ。

唇とっ、唇がっ！　重なって！なんか舌がにゅるりんとぉ!?

めくるめくベロチューが、永遠とも感じられる時間、続いた。

「ぷはっ……ん、ごちそうさま♪」

お、お粗末さまでした……。

俺は頭に血が上り、くらくらとする中、お姉さんの声が反響して聞こえてくる。


「ホントだったら、神竜のアタシが人に恩恵を与えられるのは一回だけなんだけどねー。でも、キミは転生したから、今は別人と言えるよね？」

ぼーとする。意識が、なんか朦朧として……。

「前は失敗しちゃったけど、今回はめっちゃいい人生が送れるといいね♪　コレ、アタシからのプレゼントだよ♪」

何を、言って……？

「んじゃ、忘れちゃおっか。アタシとまた会ったのは、内緒ってことで」

だんだんと、目の前の景色が霞んでいき――


…………………………


「――――はっ!?」

俺は目を覚ました。

あれ？　なんで俺、小川の側で寝てたんだ？

むくりと体を起こし、記憶をまさぐった。でも――思い出せない。誰かに会ったような気がするけど、誰だかは覚えていなかった。

その夜。

なんとはなしに、スキルポイントはどのくらいかなーとステータスをチェック。

スキルポイントはたいして変化なかったのだが。

――スキル欄に【解析】が追加されていた。

はあっ!?　えっ？　なんで？　いつの間に？

まったく意味がわからず、とりあえずその日は寝たが、次の朝から数日かけて何度確認しても、【解析】スキルがステータスから消えることはなかった。

【属性】
火、風、水、土、聖、闇、混沌

ＨＰ：10／10(20)
ＭＰ：3／3(10)
体力：E－
筋力：E－
知力：E－
魔力：E－
俊敏：E－
精神：E－

ＳＰ：27,000

【スキル】
解析：Limited
アイテム強化：S

ちなみにステータスはこんなもん。
五歳当時からほとんど成長していないのは横に置くとして、俺は弱冠十歳にして、アイテム強化職人に必要なスキルを制覇してしまったのだっ。

★

十五歳になった俺は、村を出る決意をした。

大きな街へ行き、現役のアイテム強化職人に師事して、修行を積むためだ。

俺は全属性をコンプリートし、【アイテム強化】スキルは最高のランクS、しかも超役に立つ限定スキル【解析】まで持つ、史上最高のアイテム強化職人になり得るとの自負がある。大量のスキルポイントもほとんど使わずに貯めてるし。

でも残念ながら、俺には決定的に足りないものが二つあった。

知識と、経験だ。

ド田舎の村には、【アイテム強化】を持っているのが一人しかいなかった。

ドワーフ族のトムおじさんだ。

でもトムおじさん、散々大きなことを言っていたくせに、実はアイテム強化職人としての実務経験はほとんどなかったことが発覚した。俺が十二歳のころだ。

見習いレベルの知識と、経験。それでも俺には必要だから、彼の下でいろいろやっていたのだが、もう限界だった。

特に知識面で、ものすごく遅れているんじゃないかとの不安がある。

アイテム強化は、対象のアイテムと属性付与の組み合わせで様々な強化パターンがあった。

それこそ膨大な量の『強化の仕方』が存在する。

三度の冒険者人生で、酒のツマミ話に聞いたあやふやなレシピをぼんやり覚えてはいるけど、我ながらめちゃくちゃ怪しい。

実際に試したかったが、村にあるのは農具とかそんなのばっかで、強化用のスロットが一個しかないから試しようがなかった。

幸か不幸かこの村の周辺には魔物が出没しないので、タヌキとかの害獣くらいしか戦う相手がいないのだ。

生まれた直後にアイテム強化職人を志した俺は、時間的アドバンテージがあると高を括っていた。

だが、都会っ子やお貴族様はきっと、最先端のレシピに触れる機会がたくさんあるに違いない。


というわけで俺の次なる目標は、都会に出て最先端の知識を吸収することに定めた。

独立できるくらいのレシピを、できれば二年以内に自分のものにしたいものだ。それくらいやれば、経験も伴ってくるだろう。

そういえば、俺は目標を立てるたび、いつの間にか実現していたな。

ま、さすがに知識は無理か。書物に記したとしても、けっこうかさばるしね。


春先。ある晴れた日。旅立ちのときがやってきた。

「アリト、元気でな」と父。

「くじけるんじゃないよ」と母。

他にも村人がほぼ総出で、俺を見送ってくれた。

「これは餞別じゃ。大事に使うんじゃぞ」

村長さんが俺に小袋を差し出した。

受け取ると、ずしりと重かった。中は、銀貨や銅貨がたっぷり入っている。

幼いころから『アイテム強化職人になるっ』と宣言していたからか、みんな応援してくれている。目的の都会の街までの旅費と、一週間ほどは街で暮らせるお金も用意してくれたらしい。

貧しい村なのに、たった一人の少年のために、みんなが少しずつ出し合ってくれたお金だ。

俺、四度の人生合計で百三十五年生きてきて、こんなに優しくされたの初めてかもしれない。

実を言うと、十歳のころに【火】と【土】の属性を持っていると村の人たちには告白していた。

ホントは全属性コンプリートだけど、それはさすがに騒ぎになるからナイショなのだ。

二つの属性を持つというのも、かなり珍しい。二万人に一人くらいだろうか。村には例外的にすごいのが一人いるが、それくらい。

だから俺には、けっこうな期待が集まっていた。

でも、前世や前前世みたいなちやほや感とは違う。

あの頃は打算というか、『こいつを若いときに世話してやったらあとでオイシイ』的な雰囲気をビシバシ感じた。

でも村の人たちの優しさは、人情をものすごく感じる温かいものだったのだ。

「ありがとうございます。俺、絶対に成功して帰ってきますからっ」

俺は強い決意を言葉にする。

そんな俺の前に、神父さんが進み出た。

「私からは、これを」

差し出したのは、ちょっと古い感じの剣。【解析】で確認すると、『銅の剣』だった。

「以前、旅の冒険者が教会に寄付してくれたものです。隣町まで危険はありませんが、そこから先は弱いながらも魔物が出ます。基本、逃げることを推奨しますが、どうしてもというときは使ってください。君は、その……ステータスが同年代に比べて貧弱なので」

ありがたい。ありがたいが、『貧弱』は余計ではないだろうか？

ちょっとしょんぼりな俺に、今度はトムおじさんが寄ってきた。

「俺からはこれだ」

……『お鍋のふた』？　ああ、いちおう【土】属性を付与して硬度を増してるのか。でも木製のふたをちょっと硬くしてもなあ。

「いいか、魔物が出てもまずは逃げることを考えんだぞ？　どうしてもってときは、これを投げて牽制しろ」

盾代わりに防ぐんじゃないのか……。

俺はステータス値だけはバカ正直に申告しているので、弱いと思われている。

目指す街まではそれほど強い魔物は出てこないのだけど、寄ってたかって『逃げろ』と言われるとは……とほほ。

ま、弱いなりに対策はしっかりしておこう。とりあえず、『銅の剣』は隣町に着いたらなんとなく強化しておくか。

ちなみに一応の旅の準備として、ＨＰを増やしておいた。

ＨＰやＭＰは、何もしなければ上がらない。代わりにステータスの上昇に応じて『限界ＨＰ』や『限界ＭＰ』が増えていき、スキルポイントを消費することでこの値まで最大値を増やせるのだ。

やや気勢が削がれてしまったが、俺はめげずに旅立った。

でも、ちょっとだけへこんでもいる。

見送りにきてくれた村人は、ほとんど全員。足が悪かったり、病気がちの人たちを除けば、一人以外は、みんなだ。

その一人に、別れが告げられなかった。

それが心残りだった――。

夕方には、隣町にたどり着けた。

旅立ってから最初の夜。

野宿しなくて済んでよかったね。とはいえ、村のみんなからもらったお金は無駄遣いしたくない。夕飯は携行食で済ませたし、寝るだけだから、馬屋でもいいんだよなあ。

町は俺の住んでいた田舎村に比べれば大きいが、そこは辺境の町だ。宿屋なんて一軒だけ。以前、一度だけ現世の父親と一緒に来たときの記憶を頼りに、宿屋へ向かっていたら。

「そこな少年よ、前途に悩みを抱えておるな？」

偉そうな声が俺にかけられた、らしい。

通りに人はまばらだが、その人は俺にまっすぐ顔を向けていたので間違いなさそうだ。

灰色の髪をした、妖艶な美女だった。

大人びてはいるがギリギリ十代という感じ。体のラインがくっきりわかるぴっちりロングドレスは巨大な胸の中ほどでひっかかっているだけっぽい危うさ。髪と似た色のふわふわな襟巻きを身につけ、胸を支えるように腕を組んでいた。

こんな小さな町にも娼婦がいるのか、と失礼ながら思う。それにしては容姿レベルが高すぎやしませんかね？

しなを作って近寄ってくる彼女に、俺は心臓が跳ね踊った。

三度の転生を経て百三十五年。これだけの美女にお目にかかったことはなかったのだ。たぶん……。

妖艶なお姉さんは薄く笑みをたたえて俺の前に立つと、怪訝そうに眉をひそめた。

「なんと……。彼奴らめ、すでに接触済みであったか。我が一番出遅れたとはな」

お姉さん、俺を見つめつつも俺をほったらかしにして独り言を続ける。

「しかし、これは……。ふむふむ、なるほどのう。そういうことか」

いったいどういうことでしょう？　もしかして、美人局ですか？　俺は怖いお兄さんたちが潜んでいないか、辺りを見回した。いなさそうで安堵する。

「となると、我が与えられるものはアレしかないのう。それに彼奴らと違って、我は此度の人生ですでに恩恵を授けておる。『一度の人生で一度きり』の掟を破るには、アレしか手がないが

「……、うーむ……」

　お姉さん、俺のあずかり知らぬところでお悩み中。てか、『アレ』とか『アレ』とか曖昧に言われてもさっぱりですよ。

「そも、そこまでの義理があるか？　との疑問がある。しかし、彼奴らがやっておるのに、我がしないというのも悔しいものだ。うむ、ここは腹を括るか」

　お姉さん、何やら納得した様子で俺の手を、取った……？

「とはいえ、この場ではさすがにためらわれる。ついてまいれ」

「は？　いや、あの……？」

　お姉さん、有無を言わさず俺を引っ張っていく。ものすごい力で振りほどけない。というか、柔らかいので振りほどきたくないっ。


　あれよという間に、宿屋に到着。一番いい部屋に通された。俺のお金で……。

　一番といっても田舎町だ、そこそこ広い部屋にそこそこ大きなベッドが置いてあるだけ。

　というか、あれ？　これって……。

「何をしておる？　はよう服を脱がぬか」

「ってなんで脱いでるんっすか!?」

　すでにすっぽんぽんなんですけどっ。おっぱいでけえ！　なのに垂れてねえ！　腰ほっそ！

お尻もぷりんぷりんじゃないですか！

しかしあまりに堂々としていらっしゃるものだから、まったく性的ないやらしさがない。

「なぜ、となな？　ヤルことをヤルに決まっておろう」

「ヤ、ヤル……？」

それって、アレをソレして致すってことですか？

しかし相変わらず堂々としていらっしゃるものだから、腕立て伏せでも始めるんじゃないかと勘ぐってしまう。

俺はわけがわからないまま、ベッドに押し倒された。

頭が沸騰しそうだ。

あ、あれ？　実際、意識がぼんやりしてきたぞ……？　体の感覚というか、何をしているのかさえ理解できない。お姉さんの声が、反響して聞こえてくる。

「本来、神に連なる我が恩恵を与えられるのは、一度の人生で一度きり。先の転生ですでに我はそなたに【混沌】を授けておる。ゆえに掟を破り二度目を授けるには、直接の絆が必要である。もっとも、これで本当に最後であるがな」

なんか、朦朧としてきた……。

「我は、現世の知識をそなたに与えよう。が、それはこれまで先達が発見した知識のみ。七つをそろえたそなたならば、未知なる強化を探し当てもできよう」

何、を……？

「最後に、そなたにとって最高の一夜は、煙のごとく記憶から消えゆく。誠に残念であるな。ちなみに、我は初めてであるので、ちょっとは優しくせんか、ばか者……」

だんだんと、お姉さんの美貌が霞がかっていき――

……………………

「――――はっ⁉」

俺は目を覚ました。

あれ？　なんで俺、ベッドで寝てたんだ？　しかも裸で。

むくりと体を起こし、記憶をまさぐった。でも――思い出せない。誰かに会ったような気がするけど、誰だかは覚えていなかった。

手持ちのお金を確認する。この部屋の料金を考えれば、妥当な金額だけ減っていた。なにやってんのよ、俺。大事なお金を……。

だがこのとき俺は、不思議な感覚に囚われていた。

なんか、妙に頭がすっきりする。

あれ？　知らんはずの強化の組み合わせが浮かんでくるんだけど……？

まさかっ！　知力がものすごく上がってるんじゃ？

俺はウキウキしながらステータスを開いた。


【属性】

火、風、水、土、聖、闇、混沌

ＨＰ：150／150(20)
ＭＰ：3／3(10)
体力：E+
筋力：E
知力：E
魔力：E
俊敏：E+
精神：E

ＳＰ：27,655

【スキル】
強化図鑑：Limited
解析：Limited
アイテム強化：S

知力、増えてねえっ！

しかし、相変わらずステータス低いな……。もうちょっと体とか頭とか鍛えたほうがいいかも。

ではなく。

「【強化図鑑】ってなんだよっ⁉」

思った瞬間、その解説が表示される。

どうやら、アイテム強化のレシピをいつでも参照できる限定スキルらしい。そんなの存在したのか……？

図鑑にはけっこうな数が登録されているが、中には『未登録』の組み合わせもある。実際にやってみて、効果を確認できたら登録されるのだとか。

でも聞いたことないスキルだし、本当に役に立つのか疑わしい。

だったら試せばいいじゃないっ！

ということで、俺は神父さんからもらった『銅の剣』に手を伸ばした――。その前に、服でも着るか。

★

服を着て、俺はベッドの上であぐらをかいた。

『銅の剣』を前に置く。【解析】でチェック。

【名称】
銅の剣
属性：－
S1　：◇◇◇◇◇
S2　：◇◇◇◇◇

HP：27/100
性能：D
強度：D－
魔効：E－

【特殊】

なし

けっこう痛んでるなあ……。教会に寄付された時点で使いこまれてたみたいだ。

などと俺が感じたのは、『HP』の数値を見たからだ。

HPは、人のステータスにあるHPと意味合いはほぼ同じ。

これの左の数値が0になると、いつ壊れてもおかしくない。0になった瞬間かもしれないし、それからしばらく持つかもしれない。こればかりは運である。

逆に言えば、HPが1でも残っていれば、絶対に壊れない。

神々の恩恵で守られているこの世界は、そういうふうにできているのだ。

まあ、ドラゴンの突進を受けたら、HPが1000あっても一瞬で吹き飛んでぶっ壊れるだろうけど。

で、ＨＰの右側の数値――『１００』は最大ＨＰを意味している。修復すれば、この値を上限として左の数値が回復する。

アイテム強化によって『強度』が上がると、最大ＨＰが増えていくのだ。


ちなみに人のＨＰには、最大ＨＰをいつくまで増やせるかを示す『限界ＨＰ』がある。

今の俺のステータスは『ＨＰ：１５０／１５０（１５０）』となっているが、この()内の数値がそうだ。この値は体力が増えれば上がっていき、スキルポイントを消費することで、この値まで最大ＨＰを増やせるという仕組み。

ＨＰの下にある『性能』は、アイテム本来の使い方をしたときの性能を表している。剣なら切れ味とか、そんな感じ。

『強度』はまんま、硬さとか耐久度合い。物理的な衝撃への強さ、ってところか。また、繰り返しになるが、これが上がると最大ＨＰも上がる。

『魔効』は魔法効果の意。特殊攻撃の効果を上げたり、魔法耐性を強めたりする。モノによっては最大ＨＰが上がることもある。


さて、いよいよアイテム強化を行うわけだが。

『銅の剣』のスロット数は二（S1とS2）。ま、妥当なところか。

そしてひとつのスロットには、5回分の強化が行える。『◇』は何もしていない状態。属性を一段階付与すると『◆◇◇◇◇』という表記に変わる。

ただし、同じスロットには同じ属性しか付与できない。だから、スロット1に【水】、【土】を一回ずつ付与するって芸当はできないのだ。

「とりあえず、スロット1には【火】かなあ？」


『銅の剣』

【火】

CL1　:『性能』↑

【属性】→火（SP：1↓）
CL2　:『性能』↑（SP：2↓）
CL3　:『性能』↑（SP：4↓）
CL4　:『炎斬り』

【名称】→『炎の銅剣』（SP：8↓）
CL5:『炎斬り』→『炎斬り＋』
（SP：15↓）

【火】は性能面を強化する属性だ。

基本中の基本、と言える。

ま、今回はお試しだ。

【強化図鑑】なるスキルで『銅の剣』に【火】属性を付与したらどうなるか？

そう頭に思い描くと、【解析】ウィンドウとは別のウィンドウが表示された。

細かいことは後回し。さっそく強化を試みる。

俺は【解析】ウィンドウのスロット1を

指で軽く触れた。

――付与する属性を選択してください。

とのメッセージ。ずらっと七属性も後に続く。

【解析】スキルを持つ俺は、こうしてアイテム強化が行える。めっちゃ便利。

他の人は【アイテム強化】スキルが専用のウィンドウを表示させるのだが、裏ステータスのスロットがどうのは表示されない。

適当にスキルポイントを指定して、それに見合った強化が行われるのだ。だから無駄があったり足りなかったりがある。

【火】を指先で触ると、次のような表示になる。

――チャージレベルを選択してください。

そして【解析】ウィンドウのスロット1にある、五つの『◇』がピコピコ点滅した。
◇を最初からゆっくりなぞると、ひとつひとつが◆という感じに塗りつぶされ、この状態で点滅する。
俺は一気に五つ分を◆で埋めた。
――チャージレベルは5でよろしいですか？（必要SP：30）
ここで【解析】ウィンドウ上、強化後のステータスもわかるようになった。

【名称】
銅の剣 → 炎の銅剣
属性：— → 火
Ｓ１：◆◆◆◆◆（火）
Ｓ２：◇◇◇◇◇

ＨＰ：27／100
性能：Ｄ → Ｃ
強度：Ｄ－
魔効：Ｅ－

【特殊】

炎斬り＋←new

ふつう、強化後のステータスはわからない。

こんな表示になるのは、【強化図鑑】のおかげだろう。

名前が『炎の銅剣』（ちょっとカッコいい）に変わり、属性が【火】になり、『性能』がＤ↓Ｄ＋↓Ｃ－↓Ｃと三段階上がり、特殊効果として『炎斬り＋』が追加されるんだな。

【強化図鑑】のレシピどおりだ。

ちなみに『炎斬り＋』は炎をまとった剣で斬りつけるという、まんまの技だ。ただ『銅の剣』

は『魔効』が最低レベルなので、威力はお察しだろうな。

俺は『はい』を選択――しようとして思いとどまった。

『銅の剣』を基本四元素で強化しても、そこそこの性能に上がるだけ。スロット2に別の属性を付与して組み合わせても、飛躍的な性能アップとはならない。同じ【火】で強化しても、倍までいかないのだ。

そう、【強化図鑑】が告げている。

『銅の剣』
【混沌】
CL1 ：？（SP：3↓）
CL2 ：？（SP：6↓）
CL3 ：？（SP：12↓）
CL4 ：？（SP：24↓）
CL5 ：？

【属性】→混沌
（SP:45↓）

ここはロマンを求めるべきではなかろうか？

稀少属性だけを、組み合わせてみては？

そんなささやきが聞こえた。

とはいえ、【聖】と【闇】は相克関係にあり、組み合わせると逆に性能が落ちる。【火】と【水】なんかもそうだ。

そこで登場するのが、【混沌】属性だ。

【混沌】は、人や亜人は持ち得ない。つまり、歴史上アイテム強化でこれを使った者はいなかった。

だからまったく未知の領域。

というわけで、好奇心から俺は試してみることにした。

まずは念のため図鑑をチェック。

『？』ばっかりだ。まあ、当然だね。あれ？　でも属性が変わるのはチャージレベル5になってからか。

それにしても、必要ＳＰがけっこう高いな。【火】のときの三倍。全部で90かあ……。

ふっふっふ、しかし心配ご無用。

強化を施せば、ちゃんと経験としてスキルポイントが入ってくるのだ。

だいたいトントンなので、やりまくってスキルポイントを稼ぐほどにはならないんだけどね。

仮に減ったとしても、スキルポイントは万単位で残ってるからへーキへーキ。

【解析】ウィンドウでスロット1に【混沌】属性をピピピピピッと埋めていくと、

【名称】
銅の剣 → ？？？
属性：― → 混沌
S1：◆◆◆◆◆
（混沌）
S2：◇◇◇◇◇

HP：27／100 → ？
性能：D → ？
強度：D– → ？
魔効：E–

【特殊】

？？？


おおう？『性能』と『強度』が同時に上がるのか。【聖】や【闇】は『魔効』も上がると図鑑にあったけど、ふーむ。

俺はえいや、と気合を込めて、『はい』を選択した。

ぴろりん♪　と音が鳴り、『SP85を獲得しました』との表示が。

むむ、収支はマイナスか。しょんぼりするも、すぐさま気を取り直して強化の結果を見ると
――。

【名称】

鈍らの銅剣

【属性】

混沌

S1：◆◆◆◆◆
(混沌)

S2：◇◇◇◇◇

HP：27／50
性能：E
強度：E-
魔効：E-

【特殊】

自爆剣

ステータス下がっとるやないけっ！

というか、名前からして『なまくら』って……。

特殊効果の『自爆剣』も怪しすぎる。

詳細を確認すると、どうやらアイテムの残りHPをすべて消費して特大ダメージを与えるらしい。剣は粉々に砕けてしまうとか。

う、うーん……。

ここぞの一撃として使えるかもしれないけど、なんか微妙。てか基本性能が『木の棒』並じゃあなあ。

【混沌】って実はダメ属性？

いや、そんなはずはないだろう。

俺も噂でしか耳にしたことはないけど、【混沌】属性をもつ武具やアイテムは破格の性能で、伝説級とまで言われるものもあったとか。

何かヒントがないかと、俺はたった今、登録されたばかりのレシピを確認する。

『銅の剣』
【混沌】
CL1　:『性能』↓（SP：3↓）
CL2　:『強度』↓（SP：6↓）
CL3　:『性能』↓
　　　『強度』↓（SP：12↓）
CL4　:『性能』↓
　　　『強度』↓（SP：24↓）
CL5　:『自爆剣』

【名称】→『鈍らの銅剣』

【属性】→混沌　（SP：45↓）

名称もチャージレベル5で初めて変わるのか。

というか、CL5の段階のみ、デメリットがない。『自爆剣』がメリットかと言われると微妙だが、いちおう使いどころによっては有益だから、デメリットではないだろう。

……。

…………。

…………。

……………これ、他の属性と

組み合わせたらどうなるのん？

俺は好奇心に負け、【火】属性をスロット2にぶち込んだ。

結果——。


【名称】

爆炎の銅剣

【属性】
火、混沌
S1：◆◆◆◆◆
（混沌）
S2：◆◆◆◆◆
（火）

HP：27/250
性能：B＋
強度：C
魔効：D

【特殊】
自爆剣
炎斬り＋

おお～っ。けっこう上がったな。

性能的には中級～上級の冒険者向けだ。それで特殊効果が二つあるのはかなりの高額武器。三つのステータス全部上がってるし。

さっそくレシピを確認する。

ちなみに今回は【混沌】↓【火】の順だったが、【火】↓【混沌】の順でのレシピも登録されていた。

　まずは今回の手順のレシピ。

　続いて【火】を最初にした場合。

『鈍らの銅剣』
【火】
CL1　:『性能』↑x8
　　　『強度』↑x7
　　　『魔効』↑x4
　　　【属性】→火、混沌
　　　【名称】→『銅の剣』
　　　　　　（SP：1↓）
CL2　:『性能』↑（SP：2↓）
CL3　:『性能』↑（SP：4↓）
CL4　:『炎斬り』
　　　【名称】→『炎の銅剣』
　　　　　　（SP：8↓）
CL5　:**【名称】**→『爆炎の銅剣』
　　　『炎斬り』→『炎斬り＋』
　　　（SP：15↓）

　どちらの場合も最終的には一緒。

　ステータスは『性能』が七段階、『強度』と『魔効』が四段階上がっている。

　で、俺は理解した。

【混沌】はスロットにフルチャージしたとき、かつ、他の属性と組み合わせたとき、初めて効果を発揮する、らしい。

　他属性と組み合わせた場合、ステータスはそれぞれ四段階上がるようだ。あくまで『銅の剣』の場合だけど。

『炎の銅剣』
【混沌】
CL1　：『性能』↓（SP：3↓）
CL2　：『強度』↓（SP：6↓）
CL3　：『性能』↓
　　　　『強度』↓（SP：12↓）
CL4　：『性能』↓
　　　　『強度』↓（SP：24↓）
CL5　：『性能』↑x7
　　　　『強度』↑x7
　　　　『魔効』↑x4
　　　　『自爆剣』
　　　　【名称】→『爆炎の銅剣』
　　　　【属性】→火、混沌
　　　　（SP：45↓）

武器である剣を強化するにあたり、【火】を組み合わせるのは真っ当な判断だ。

でも、俺は七属性すべてを付与できる。

どうせなら、もっとハッチャけた性能にしたいものだ。

となれば、レア属性である【聖】か【闇】を試したいところ。

どっちにしよう？

特徴として、【聖】は『魔効』がより強化される。あとは『加護』的な意味からか、『強度』がアップしやすい。

対する【闇】は【火】に近く、性能アップが基本。魔効の強化も行われ、呪い系の特殊効果が得られる。

カッコよさそうなのは【闇】だよな。

というわけで、【闇】を組み合わせることにしました。

まず、スロット2の【火】を解除する。フルチャージしたときのスキルポイント30の半分、15を消費した。（でも獲得SPも15だったので実害なし）

さあ、空いたスロットに【闇】を付与して強化してみるぞっ。

【名称】

銅の魔剣

【属性】

闇、混沌

ＳⅠ：◆◆◆◆◆（混沌）

Ｓ２：◆◆◆◆◆（闇）

ＨＰ：27／250

性能：A－

強度：C＋

魔効：C

【特殊】

自爆剣

毒斬り＋

なんと、『魔剣』が誕生してしまったぞ……。

☆

アリトが魔剣を作り上げていたころ。

彼が滞在する町の近く。森の中を流れる小川で、茶髪で褐色肌の美少女が釣りをしていた。あぐらをかいて釣り糸を垂らす彼女の背後で絶叫がこだまする。

「は、破廉恥ですっ。不潔ですっ。聞いているのですかっ、クオリスさん！」

白い神官服を着た金髪美少女が憤慨していた。

声を飛ばす先は、昨夜アリトとお楽しみだった美女だ。

「そう怒鳴るな、えーっと……今の名はセイラだったか？　仕方なかろう。我が彼奴に何かしら与えるには、直接肉体をつなげるしかなかったのだ」

「ちょくっ、にくっ……」

「その意味では、お主らがもう一度、彼奴の力になれる道を拓いたのだ。どうだ？　セイラもやってみては」

神官服の女性――セイラは顔を真っ赤にして口をぱくぱくさせている。

見かねたのか、釣りをしていた少女が会話に割りこんだ。

「でもさー、仮にも女神が処女性失くしちゃうと、あとあと面倒にならない？」

「そ、そうですよっ。具体的に何がどうなるかはわかりませんけれど……」

「ふむ。今のところさして影響はないように思うがな。元の姿に戻れぬかもしれん程度だろう」

「めちゃくちゃ深刻じゃないですかっ」

「そうか？　この姿のまま、惑星とともに朽ちるのも悪くはないぞ？」

「クオリスちゃんってマジ軽いよねー」

「ふむ。ダルクに言われると、深刻に受け止めねばなるまいな。まあ、ヤッてしまったものは仕方がない」

セイラは脱力するも、すぐさま気を取り直してクオリスを非難した。

「だいたいですね、新スキルを創造してまで彼に与えるなんて、えこひいきが過ぎませんか？　ぶっちゃけてしまいますと、ずるいですっ」

「今回のために創ったのではないぞ？　百年ほど前に老職人が我を訪ねてきてな。そのときに我が試練に耐えた褒美として創造し、与えたものだ。彼奴が死に、我の手に戻ってきたのだが、使い道がなくてな。我は不要なものを与えたにすぎぬが……ダルクよ、お主こそ過分ではないか？」

クオリスは釣り少女――ダルクに視線を流す。

「そ、そうでしたっ。ダルクさん、どうして自分の【解析】スキルをあげちゃったんですか!?」

「セイラちゃん、口調が幼くなってない？」

「ごまかさないでくださいっ」

ダルクは苦笑してゆるふわの茶髪をかき上げながら、

「ん～、べつになれければないで、そんな困んないし。あの子が幸せになれるんなら、いいかなって」

「まるでのっぴきならない事情で他家へ手放した我が子を慈しむかのような発言……」

「ギャルっぽい見た目に反し、母性にあふれておるなあ」

「見た目は関係ないし――おっ？」

釣竿の先がくいっと引っ張られた。ダルクは舌なめずりすると、「ほいっ」と釣竿を持ち上げる。丸々太った川魚が水面から飛び出した。

「餌、つけてなかったですよね……？」

「コツがあるんだー」

ダルクは魚の口から釣り針を抜くと、川へ魚を放した。キャッチ&リリースである。

「てかセイラちゃんってさー、もしかして、自分が大したものあげられなかったから、後悔してるの？」

「――っ！」

明らかに『図星を突かれました』という顔をするセイラ。

「ふつう、減るものを恩恵には授けぬよなあ」

「はうっ!?」

明らかに『ですよねースキルポイントのみってありえないですよねー』という顔をするセイラ。指先をつんつん合わせていじけてしまう。

見かねたダルクがフォローする。

「でもさー、相手に選ばせるって意味では、よかったんじゃん？」

「そ、そうでしょうか……？」

「そうそう。スキルポイントは多いに越したことはないしねー」

セイラはほっと安堵するも、

（よく考えたら【聖】属性だって、三つのレア属性の中では一番ありがたみがないじゃないですか。わりと授かる人が多いですし……）

やはり自分だけアリトにさほど貢献していないとの感が拭えなかった。

ならば、とセイラは決意する。

（お二人には抜け駆けするようで申し訳ないですけれど、彼の近くで活動して、それとなく助力しましょう。うん、そうしましょうっ！）

さすがに『恩恵』レベルのものは与えられないが、彼がアイテム強化職人として大成するまで、陰になり日向になり手を貸すくらいはできるだろう。

なぜか上機嫌になったセイラを不思議に思いつつ、ダルクは立ち上がった。片手でぽんぽんとお尻をはたいて土を落とす。

「んじゃ、アタシは行くねー」

「あれ？　そういえばダルクさん、今は何をやってるんですか？」

ダルクはにっと笑って釣竿をくるりと回す。瞬間、釣竿は身の丈ほどもある大剣に成り変わった。切っ先が平らになったような、『斬る』というより『叩きつぶす』ための武器に思える。

「アタシ、冒険者やってるんだー」

「へ？」

「この姿だと力がかなり制限されちゃうけど、それが逆に楽しいっていうか」

セイラはハッとして、もう一人へと目を向けた。

「あの、クオリスさんは、何を……？」

クオリスはふわふわのショールをもてあそびながら、

「我か？　我は……そうだな。錬金術師にでもなろうかと考えている」

「……」

ダルクが「んじゃねー」と立ち去ると、クオリスもまた、「ではな」とダルクのあとを追うように森へと姿を消した。

二人が向かったのは、アリトが目指す街の方角だ。

冒険者は、武具やアイテムを使う職業。

錬金術師は、装備品やアイテムを作る職業。

いずれも、アイテム強化とは深い関わりがある。

と、いうことは——。

「抜け駆けずるいですっ！」

セイラの絶叫が、森の中でこだました——。

二話　旅の途中で大儲け

『銅の剣』に【闇】と【混沌】属性を付与したら、

【名称】
銅の魔剣
属性：闇、混沌
S1：◆◆◆◆◆
（混沌）
S2：◆◆◆◆◆
（闇）

HP：27／250
性能：A－
強度：C＋
魔効：C

【特殊】
自爆剣
毒斬り＋

しょっぱい魔剣ができました。

いや、しょっぱいと言っても『性能』のA－ってかなり強いぞ？ たぶん、岩も簡単に斬れる。『強度』とともに最大HPも上がったから、修理すればかなり長く使えるしね。『自爆剣』を使わない限り。

『魔効』も普通レベルに足を突っこんでくれたから、『毒斬り＋』とかいうのもそこそこ使えるはず。まあ、俺はMPが少ないから一日に一回しか使えんけど。（武器や防具の特殊効果はMP

を消費するのだ）

【混沌】属性を他の属性と組み合わせると、フルチャージしたときで『性能』、『強度』、『魔効』がそれぞれ4・4・4上がることはわかっている。（あくまで『銅の剣』の場合ね）

で、【闇】単体では4・1・3と上がるので、全体では8・5・7ほど元の『銅の剣』から上昇していた。

スロットが二つだけなのを考えても、やっぱりお得だよな。

とりあえず、道中の魔物は弱いから、この魔剣さえあれば低スペックの俺でも楽勝だ。当てれば倒せる。当てれば、ね。

ちょっと不安になってきたので、もうひとつの贈り物である、『お鍋のふた』を手に取った。

スロット数は1。【土】で強化してるけど、チャージレベルは1だから、ほぼ強化されていないに等しい。トムおじさんェ……。

とりあえずチャージレベルをマックスの5にすればいいのだろうけど、俺はここで、『それじゃあ面白くないな』と考えてしまった。

防具に【土】属性を付与するなんて、オーソドックスもいいところ。やはりロマンを求めたい。

となれば単体では使い物にならない【混沌】を除けば、レア属性の【聖】か【闇】。防御を考えれば【聖】が妥当なところだろう。

それも、なんかつまらないと思ってしまう俺。

ベースが木製の鍋ぶたなのだから、ステータス値がちょっと上がったところでどうしようもない。

ちょっとトリッキーなことがしたくなった。なので【風】を付与してみよう。


【名称】

お鍋のふた
→ 疾風の鍋ぶた
属性：ー → 風
ＳＩ：◆◆◆◆◆
（風）

ＨＰ：42／50 → 70
性能：E− → E+
強度：E → E+
魔効：E−

【特殊】
飛行＋ ←new

名前が微妙にカッコいいな。

ステータスはさほど上がらんけど、『飛行＋』てのが面白い。遠くに飛ばせる特殊効果だけど、狙ったところに命中させることもできるようだ。

トムおじさんが『投げて牽制しろ』と言ったとおりの用途が現実のものとなった。嬉しくない。

まあ、どのみち他属性を付与しても本来の役割（鍋のふたになる）以上には使えないわけだし、これでいこう。

俺は最終決定をして『疾風の鍋ぶた』を手に入れた。

んじゃ、携行食を買って旅を続けるとしますかね。

俺は魔剣を腰に差し、鍋ぶたを反対の腰に引っかけて、宿を後にするのだった――。


—で、三日が経った。

山を越え、川を渡り、街道をひたすら歩いて夜は野宿して、陽が大きく傾いた夕方手前。

両サイドは木々が生い茂る山道を下っていたら。

「ウォオオオーンッ！」

犬の遠吠えらしきが聞こえた。どこか聞き覚えがあるのはなぜなのか？

そろそろ弱い魔物が出そうな辺り。野犬や狼もいて不思議はない。ややしょっぱいとはいえ魔剣を持つ俺なら、まあ問題はないとは思うが警戒しつつ前進した。

何度か同じ遠吠えが聞こえ、それがだんだん近くなっている。

それだけではない。

どすんっ、どしんっと地響きのような……え、これ、足音ですか？

この辺りに巨大な魔物は存在しないはずだが……。

俺は恐々としながら、音が近づくのを聞いていたら。

ガサガサガサガサッ！

「うおっ！」

ぴょーん。ぴょーん。ぴょーん。

でっかいウサギが一匹、二匹、三匹と飛び出した。

真っ白な毛と赤い目をしたウサギは大型犬サイズ。その愛らしい容貌に反し、鋭い前歯で小動物を襲う『カニバラウサギ』という凶暴な魔物だ。

単体能力は野犬とさほど変わらない。だからこそ、複数が相手だと俺程度なら文字どおり餌食にされてしまう。

でもこいつら、群れなんて作らないよな？

疑問を浮かべる間にも、ウサギさんたちはぴょーんぴょーんと街道を横断し……がさがさっと反対側の茂みに突っこんだよ？

俺は眼中にないご様子。

それもそのはず。

いまだ大地は揺れている。カニバラウサギが逃げ惑うほどの、たぶん大きな魔物によって……。

俺は街道を駆け抜けるか引き返すかの選択に迫られた。

ウサギさんたちが目の前を通過したことを考えれば、進んでも戻っても大差ないに違いなかろう。

というわけで、俺は一目散に前へ駆け出した——ところで。

「うわーーーんっ！」

茂みを飛び越え、涙目の女の子が現れたではないか。

澄んだ湖を思わせるような青い髪はお尻まで伸び、頭の上にぴこんと耳が立っている。髪と同色のふさふさの尻尾が恐怖からか逆立っていた。

布を巻きつけたまっ平らな胸には見覚えがある。ショートパンツや、肘までのジャケットにも。

というか顔を見た瞬間、彼女が何者か俺はすぐにわかった。

空中を流れていく女の子と目が合う。

ハッと驚いた表情をした彼女は、いっそう目を潤ませて、

「お兄ちゃぁーーーんっ！」「ぶべっ！」

なんと空中で身をひねって俺に飛びかかってきたっ。

ぷにっとしたお腹を顔面で受け止める。そのまま二人、ごろごろ転がった。

「うわーん！　お兄ちゃんお兄ちゃんアリトお兄ちゃぁーんっ！」

俺の頭にしがみつき、俺を『兄』と連呼するこの少女は、リィル。

狼人族だが、その中でも『偉大なる青大狼』の血を受け継ぐ超稀少な一族なのである。

平凡な人族の俺とは、もちろん血がつながっていない。

俺が三歳のころ、村外れで俺の母親が傷ついたワーウルフの男を見つけた。その男が大事そうに抱えていた、生まれたばかりの赤ん坊がこいつだ。

男は看病のかいなく、三日後に死んでしまった。死に際に俺の母さんに託したので、リィルは養女として俺の家族に引き取られたのだ。

だから義妹、ということになる。

小さいころから俺に懐いていたけど、俺が旅立つときは見送りに来てくれなかったんだよな。

「ぶはっ！　リィルお前、なんでこんなとこに？」

「アリトお兄ちゃんが村を出るって言ったから、リィルもついて行こうと思って……。でも『絶対ダメ』って言われると思ったから、黙って後を追いかけたの」

俺が何も相談しなかったから、てっきり怒ってるものだと考えていたが、どうやら違ったらしい。

涙目でしゅんとするリィルの頭をそっと撫でる。相変わらずふわふわで気持ちいい。

そこまで想ってくれているなら、拒む理由はない。

だって可愛いし。俺の通算四度の人生において、間違いなくダントツトップの美少女だ。……あれ？　なんか『他にもいたような？』って気がするのは、なんでだろう？

まあ、それはそれとして。

「出たあーっ!?」

どしんどしんとした揺れがすぐそばまでやってくると、めきめきっと木がなぎ倒され、見上げるほどの巨人が姿を現した。

毛むくじゃらの巨人は七メートルほどもある。ごっつい顔の額部分に、ぽっこりした盛り上がり。

慌てて【解析】スキルを発動する。

【名称】
ひとこぶオーガ
属性：土、闇

ＨＰ：355／560
(1020)
ＭＰ：80／80(150)
体力：B
筋力：B＋
知力：D
魔力：D＋
俊敏：D
精神：C

【スキル】
剛腕（鬼）：C
硬化：C

こんな辺鄙な場所にいるはずがない、危険度Bの魔物だった——。

★

田舎の街道に現れた、ひとこぶオーガさん。
危険度Bの魔物がなぜこんな場所に？　とは当然の疑問だろう。

本来の棲息地域から離れた場所に現れる、いわゆる『はぐれ』はいるにはいるが、なぜこのタイミングで俺の前に現れてしまったのか。

義妹リィルとの再会を喜ぶ間もなく、今回の人生で最大のピンチを迎えた俺。

前前前世はもちろん、前前世の、あるいはそこそこの強さだった前世の俺でもたぶん無理。

だがしかしっ！

俺は立ち上がると、腰の剣を抜いた。リィルの前に立ち、ひとこぶオーガに対峙する。

手にするは、『銅の魔剣』。

眼前に小さなウィンドウが表示された。『属性ボーナス：攻撃力40％UP』とある。魔剣の属性に俺の属性が合致し、ボーナス値が得られているという情報だ。

多少しょっぱくはあっても、ボーナス効果付きの『魔剣』である以上、その性能は危険度Bの魔物でもどうにかなるはず。

だが、しかし、である。

――グオオォォォオッ！

雄叫びが空気を震わせる。ひとこぶオーガが大木みたいなぶっとい腕を振り上げた。

あ、これ死んだ。

今から避けても俺の俊敏値じゃ間に合わない。剣で受けても吹っ飛ばされて終わり。

これまで三度の人生に比べたら、ずいぶん早い終了のお知らせだったなあ――んてね。

そんな諦めの早い男が、百年も冒険者を志したりしない。弱いながらも三度の人生で四十路まで冒険者でいられたのは、『諦めの悪さ』ゆえだ。

俺は、絶対に冒険者で成り上がるのだっ！


腰に付けたお鍋のふたあらため『疾風の鍋ぶた』を手にする。

こんなものでオーガの剛腕パンチを防げるとはもちろん思っていない。ぶつけてもカウンターで俺は吹っ飛ばされる。

だから俺は、鍋のふたを後方へと向けた。

『飛行＋』を発動。属性ボーナスで20％性能がアップした勢いで、後ろへ飛び出す鍋のふた。俺は持ったままなので、引っ張られて後方へ。行きがけにリィルを抱きかかえた。

轟音。


ちらりと背後を見やれば、さっきまで俺がいた地面に大穴が空いていた。まともに食らってたら瞬殺だったな……。

と、『飛行＋』の効果が切れた。十メートルも進んでない。俺とリィルを乗せてだったから、これが限界だったらしい。

俺の眼前には小さな半透明ウィンドウが開いていて、長い横棒がぴろんと短くなる。棒の下には『MP：25／30（30）』と表示されていた。『飛行＋』でMPを5消費したと告げたのだ。

使えるのは残り五回。

ひとこぶオーガがまたも雄叫びを上げた。なんか怒ってるっぽい。

大股で俺たちに迫ってくる。

『飛行＋』で飛ぶ方が早いけど、高くは飛べないらしい。となれば、いつかは追いつかれてしまう。

こうなったら――。

「リィル、ここにいろよ」

「えっ、お兄ちゃんは？」

そんなのは、決まっている。

「あいつを、倒す！」

俺は義妹の制止を振り切り、飛び出した。

脆弱ステータスの俺では、危険度Bの魔物を倒すのは不可能。ぺちゃんこに潰される未来しか見えない。

だが今の俺には、魔剣があるっ。

俺は魔剣を片手でぐっと握りしめた。

オーガは立ち止まり、大きな腕を振り上げた。何かを感じ取ったらしく、『硬化』スキルを使って体を硬くしたようだ。

奴が突き出したこぶしに魔剣をぶち当て、『自爆剣』を発動しても、腕を吹っ飛ばすくらいしかできない。

ちなみに『自爆剣』の消費MPは20。一回こっきりしか使えない。

だったら――。

俺はもう一方の手に持つ『疾風の鍋ぶた』を前に突き出し、『飛行＋』を発動させた。ぐんっと体が前に引っ張られる。

振り下ろされた剛腕の真下をくぐり、やつの脇をすり抜けるその瞬間。

「うらあっ！」

オーガの横っ腹を斬りつけた。

ガキン、と硬化した相手の皮膚に衝突する。

停止した格好の俺は、剣から手を離すまいと鍋のふたを放り、両手で剣を握りしめた。

準備、完了っ！

俺はすぐさま魔剣の特殊効果『自爆剣』を発動する。ぴかっとまばゆいばかりの光があふれた、直後。

どっかーん！

そのものズバリ、剣が爆発しましたがっ⁉

俺、吹っ飛ぶ。

「ぶべっ」

地面に激突。眼前のウィンドウに、ＨＰゲージが表示され、ぐいーんと減っていく。表示は『ＨＰ：７／１５０（１５０）』。めっちゃ減っとる！

まあ、死ななかっただけマシか。

俺はふらふらと立ち上がった。

痛みや痺れはあるが、体のどこにも傷はない。

まだＨＰ残量があるから当然だ。


この世界は昔々、神々が気まぐれなのか暇つぶしのためなのか、いくつか恩恵を与えてくださった。

大きくは『ＨＰシステム』と『スキルシステム』、『ドロップシステム』の三つだ。

ＨＰが０になるまで、人でも物でも何であれ、絶対に死んだり壊れたりしない。それどころか傷もつかない。ダメージを受けた場所や程度を知らせるためか、痛みや痺れはあるんだけど。

ＨＰが０になると、刃物で指を切れば血が出るし、打ち所が悪ければ転んだだけで死んでしまう。物の場合も似たようなものだ。

ＨＰの回復には休息か食事が必要だ。特に深い眠りが有効。お腹いっぱい幸せいっぱいになってもそこそこの量にしかならず、回復量は人それぞれだけど、たいていは一晩ぐっすり寝れば最大ＨＰまで回復する。

病気とか呪いになると、寝てもＨＰは回復せず、時間とともにどんどんＨＰが減っていく。０になったらいつ死ぬかわからないので、それまでに治療や解呪をするのだ。

この仕組みを『ＨＰシステム』と呼ぶ。

ちなみに『ＨＰシステム』が働くのは、俺たち人や亜人、武具やアイテムなど専門の用途で作られたモノ、そして魔物に限られる。ふつうの動植物や石ころやなんかにＨＰはない。（というか、ＨＰが０で固定されていると考えられている）

とにかくＨＰが残っていれば死ぬことはないので、冒険者だろうが一般人だろうが最優先でスキルポイントを使うのがＨＰの増加だ。

さて、『自爆剣』を食らったひとこぶオーガ君はどうなったかな？

ＨＰ：０／５６０（１０２０）

よしっ！ＨＰを削りきったぞ。

オーガは横腹が大きくえぐれ、血を垂れ流している。

元のＨＰがけっこう削れてた（５６０が３５５になってた）のがよかったのかも。

が、奴はまだ倒れていない。完全に仕留めるには至っていないようだ。

ぎろりと、俺を睨んだ。まだやる気まんまんですね。

だが俺は全身を強く打った痺れが抜けていない。お鍋のふたを飛ばそうにもＭＰ切れ。

逃げるも無理。戦うも無理。

ではどうするか？

答えは簡単だ。

俺が憧れる冒険者なる猛者たちは、基本、一人では活動しない。

「リィル、やっておしまいなさいっ！」

困ったときは、信頼した仲間を頼ってもいいのだ。

「わかったよお兄ちゃんっ。リィル、いっきまーすっ！」

リィルはお耳をぴこぴこ動かし、地面を蹴った。オーガの巨体を超えるほどの跳躍。半身になったオーガの横っ面へ、

「食らえーっ、『氷結蹴り』っ！」

回し蹴りをお見舞いした。

頭部がうっすら氷に覆われ、ごきりと鈍い音がして、オーガの首が真横に折れる。断末魔の叫びをあげることさえできず、その巨躯が地面に倒れた。

さすがはワーウルフ。しかも伝説の狼――グランドウルフの血を受け継ぐ天才だ。

まだ十二歳なのに、こいつの実力はCランク冒険者に匹敵する。相手が瀕死なら、危険度Bでも一撃だった。たぶん、オーガのHPがけっこう削れてたのは、こいつが奮戦していたおかげだろう。

ちなみにリィルのステータスはこんな感じ。


【属性】

水、聖

ＨＰ：88／320(780)
ＭＰ：22／50(250)
体力：C＋
筋力：C
知力：D
魔力：C＋
俊敏：B－
精神：E＋

ＳＰ：122

【スキル】
支配の咆哮：Limited
体術：E
治癒魔法：E

【魔法】
氷結蹴り
小回復

こんなにすくすく育ってくれて、お兄ちゃんは嬉しいよ。でも実力差がありすぎて、お兄ちゃんはちょっぴり情けない……。

でも今回で、はっきりした。

俺みたいな貧弱ステータスでも、武器次第では危険度が高ランクの魔物とだって戦える、と。

まだ道のりは長いけど、俺が進んでいる道は間違っていなかったと確信した。

とりあえず、俺はリィルの『小回復』で30ほどHPを回復するのだった——。

★

リィルが俺に回復魔法をかけているとき、ひとこぶオーガの巨躯がぽわわわんと音が鳴って虹色に光った。

おおっ!?

俺とリィルは目を輝かせる。

魔物は死に絶えると、なんらかのアイテムをドロップすることがある。神々が与えたもうた三つのシステムのひとつ、『ドロップシステム』だ。

ドロップアイテムがあるときは、今みたいに魔物の死体が光り輝くのだけど、その色によってレア度が変わる。

中でも虹色は、その魔物が落とすドロップアイテムの中でも一番よいものが落ちるときの色だった。

オーガの頭から、ぽんと何かが飛び出した。同時に光はそれにくっつき、虹色に光る玉となる。オーガの体がしゅわしゅわと空気に溶けていき、巨躯が跡形もなく消え去った。

死んで消えるのは魔物の特徴のひとつ。人や亜人、他の動植物ではこうはならない。不思議だ。

虹色の光に包まれた球体は、ふわふわと虚空を流れ、地面にゆっくりと落ちた。

「リィル、取ってきなよ」

ドロップアイテムはとどめをさした者が拾うのが、冒険者の習わしだ。レアものなら特に。混戦で大量に落ちた場合は別だけどね。

リィルは「うんっ」と元気よく駆け出した。

恐る恐る虹色の球体に手を伸ばす。彼女が触れた瞬間、虹色の光がぱっと弾け、ドロップアイテムの全貌が明らかとなった。

ガラスの小瓶だ。

正確には、その中身がドロップアイテム。透明できらきらした液体が入っている。

【名称】
オーガ水
属性：闇
S１：◇◇◇◇◇
S２：◇◇◇◇◇
S３：◇◇◇◇◇

HP：10／10
性能：C
強度：E－
魔効：C

【特殊】

腹下しの呪い

飲むとお腹を下す呪いがかかるそうな。しょぼそうだが、たんにお腹を下すのではなく、永続的効果のある『呪い』なので、放置すると死ぬ。地味にキツイな、これ。

未強化で【闇】属性がついてるし、スロットも三つある。強化したら面白いことになりそうだ。

「これ何かな？　お兄ちゃん、飲んでみる？」

「ダメダメッ！」

ガラス瓶のふたを開けようとするリィルを慌てて止める。

「それは『オーガ水』と言ってな、あのオーガにこぶがあっただろ？　長い年月をかけてそこに溜まった体液だ。飲むとお腹を壊す呪いがかかる」

「うえっ、あれの体液……」

リィルは顔を歪めた。呪いより体液のほうが気持ち悪かったらしい。

「お兄ちゃん、すごいね。よく知ってるねっ」

「ま、まあな。アイテム強化職人になるために、いろいろ勉強したから……」

嘘です。前世あたりで聞きかじった知識じゃ足りないので、【解析】スキルで得た情報を補完しました。

リィルはパタパタと寄ってきて、俺に小瓶を手渡した。

「それ、どうするの？」

「虹色のドロップアイテムだからな。けっこう高く売れると思う」

「飲んだら呪われちゃうんだよね？　そんなの買う人いるのかな？」

「世の中にはね、こういうのを欲しがる人もいるんだよ」

恨みを晴らしたい、とかの理由でね。でも純真無垢なリィルは知らなくてよいので黙っておく。

さて、ＨＰが転んで頭を打っても死なない程度には回復したし、痺れも取れてきた。

「そういえばリィル、父さんや母さんにも黙って出てきたのか？」

リィルは「ううん」と首を横に振る。

「ちゃんと言ってきたよ。『お兄ちゃんと一緒になる』って」

なんて漠然とした理由だ。

「それで許してもらえたのか？」

「うん。『応援してるよ』って。お父さんもお母さんもすごく喜んでくれてた」

にぱっと笑うリィルは可愛い。

こんな可愛い子を、危険な一人旅に送り出すのはどうなのか？

まあ、俺なんかよりずっと強いリィルなら、俺が目指す街までは単身でも余裕だとは思うけど、『喜んで』というのは謎だ。

今回みたいに『はぐれ』の魔物が現れることだってあるしなあ。

「でも、よく一人でこれたよな。お金はどうした？」

「貯めてたお小遣いがちょっとだけ。あ、でもまだ使ってないよ？　ここまではずっと野宿して、食事は狩りしたり、山菜を食べたりかな」

さすがワーウルフ。サバイバルに強いな。

「でもお前、そもそも都会に行って何するつもりだ？　冒険者にでもなるの？」

「？　お兄ちゃんと一緒になるんだよ？」

「アイテム強化職人にか？」

リィル、ふるふると首を横に振る。

よくわからないけど、都会に憧れる気持ちはわからないでもない。そこへちょうど俺が都会を目指して旅立ったから、これ幸いと口実にしたのかも。

俺とて可愛い妹を置いていくのは後ろ髪が引かれる思いだった。

生活に不安がなくもないが、村のみんなからもらったお金に加え、『オーガ水』を強化して売れば、当面は二人で暮らしていけるだろう。

「ま、父さんや母さんがいいって言ったんなら、問題ないか。じゃ、一緒に行くか？」

リィルの表情がぱあっと輝く。

「うんっ♪」

俺の腕に抱きついてきた。頬ずりしてニコニコしている。

なんだかんだで、一人で不安な旅を続けてきたのだろう。まだ十二歳だし、甘えたい年ごろなのかも。俺は三度の人生では下の兄弟がいなかったから、妹って可愛いんだよなあ。

いや、それだけじゃない。

こいつの容貌はずば抜けている。

あと三、四年も経てば、きっと俺がお目にかかったことがないくらいの美人さんに成長するだろう。

こいつの成長過程を間近で見られるのは、贅沢であり、楽しみであり、ちょっと、不安でもある。

俺はまだ十五歳だが、中身はおっさんなので、兄というより父親の気持ちになってしまうから心配が尽きない。まあ、素人童貞だから子どもにも縁がなかったんですけどね。

「えへへ♪　お兄ちゃんと一緒♪　お兄ちゃんと、ずーっと一緒♪」

俺の腕にひっついてご満悦のリィルに、俺も頬が緩む。

けど、やっぱり不安だ。

彼氏とか紹介される日が、いつか来るんだろうか……。

☆

兄妹がじゃれ合う様を、木の陰から覗く者がいた。

「ふうん、けっこうやるじゃん」

茶髪で褐色肌の少女——ダルクは悪戯っぽく笑った。

そこそこ強い魔物の反応を辿って来てみれば、アリトがオーガに襲われていた。こっそり手を貸そうかと考えるうち、彼は格が数段上の魔物を倒してしまったのだ。

アリトが手にしていたのは、おそらく『魔剣』の名を持つ武器だろう。

世に伝わる魔剣に比べれば段違いに低い性能だが、オーガ程度を倒すには十分に感じた。

が、それは使い手の技量が一定レベルを超えていればこそ、だ。

一般人に劣る彼が、危険度Bの魔物を倒したのは驚愕に値する。

「あの子、思ってたよりずっと慣れてるね」

彼は弱いながらも四十歳まで冒険者として生き長らえていた。

それを、三度も経験している。

冒険者時代に研ぎ澄まされた、生きるための技術が卓越しているのだろう。

その意味では、突発的に轢き殺してしまったのは誠に申し訳ない気がしてならなかった。

「とりま。お仲間もいるみたいだし、もう大丈夫かな？」

すこし寂しくはあるが、こっそり後をつけていたら、セイラに『ずるいっ』と怒られそうだし。

先に彼の目的地で、冒険者の真似事をして待ち構えているとしよう。

ただ、今回のようにまた『はぐれ』の魔物に遭遇しては可哀そうだ。

「行きがけに出会った魔物を倒すんだったら、えこひいきにはならないよねー」

ダルクは大剣をぶんぶん振り回し、森の中へと姿を消すのだった――。

★

森を抜け、しばらく街道を進むと、陽が完全に落ちるころには町に着いた。

規模は俺の村近くの町よりだいぶ大きい。

ここから二日ほど進めば目的の街に到着するので、宿屋に泊まって鋭気を養おうと考えた。

『オーガ水』を売ればけっこうなお金が入ってくるはずだしね。まだこの町では売らないけど。

どうせなら強化して、もっと大きな街で、高値で売り捌いてやる。

木の柵が張り巡らされた町に入ったところで、妙な感覚に囚われた。

「なんか、ピリピリしてない？」

目抜き通り（といっても馬車がぎりぎりすれ違える程度の幅）を歩く人々が、警戒しているというか、不安そうというか。

気にはなるが、お腹が空いた。

せっかく町に来たのだから、ちゃんとした食事を取ろう。

俺たちは通り沿いにある酒場に入った。

テーブル席が十五ほどある、中規模の店だ。その半分ほどが埋まっている。

店の奥側、カウンターに近いところに、やたらバカ騒ぎしている四人組がいる。すでにけっこうな量の酒をあおり、ずいぶんできあがっているようだ。

他の客は彼らを避けるように入り口付近に集まっていた。嫌そうな顔を隠しもしない。

「お、お兄ちゃん……」

リィルが俺の背に隠れ、おどおどしている。

うるさい四人組にもそうだが、店の客全員に対して警戒しているようだ。こいつ、知り合いには人懐っこいんだが、けっこうな人見知りなんだよね。

俺たちもうるさい四人組からなるべく離れたテーブルに着いた。

中年のおばさんがやってくる。

「いらっしゃい。見ない顔だねえ。ご注文は？」

おばさんは愛想笑いを貼りつけているが、後ろのやかましい連中が気になっているご様子。

リィルがぴしっと背筋を伸ばした。俺を見据え、おばさんを見ようともしない。緊張しすぎだろ。

俺は苦笑しつつ、小袋から銅貨を数枚取り出し、テーブルに置いた。

「これで二人分の食事を適当にお願いします。飲み物はミルクと水で」

おばさん、笑みを消した。金額がそれほどでもなかったので落胆したらしい。わかりやすいなあ。

ま、これくらいの反応は冒険者時代に何度も見ているので、俺は気にしない。

おばさんが銅貨をエプロンのポケットに突っこんだところで、俺は銅貨をもう一枚つまんで差し出した。

「それから、あとですこしお話を聞かせてもらえませんか？」

酒場は情報の宝庫だ。俺たちが目指す街のことをいろいろ聞いておきたい。

俺は四度目の人生だが、生まれた国はそれぞれ違う。だからこの国の情報は田舎暮らしで知り得たごく僅か。今現在の街の様子が詳しく知りたかった。

おばさんは「へえ」と感心したように目をすがめた。

「若いのに作法を知ってるじゃないか」

チップを渡し、情報を得るのは万国共通。話を聞いて有益だったら、さらにチップを弾むのが冒険者のマナーだ。

「いいよ。料理持ってきたついでに話してあげるよ。ま、ちょいとうるさいけどね」

おばさんはウィンクして去っていった。

リィルもようやく肩の力を抜く。

村のみんなとは楽しく会話できるのに、たまーに旅人が村を訪れると、俺や母親の後ろに隠れて出てこなかったもんなあ。

都会でちゃんと生活できるだろうかと、ちょっと不安になる。

　さて、料理を待つ間、入手した『オーガ水』の強化方法でも検討しようかと考えていたのだが。

「ぎゃっはっは！」

「おら、酒がねーぞ」

「早く持ってこーい！」

「うひゃひゃひゃひゃひゃ」

　マジでうるさいなっ。

　俺はバカ騒ぎしている四人組に目をやった。

　身形から冒険者のようだが、ステータスはリィルに及ばない。Dランクの弱小パーティーみたいだ。でも、やたら豪気で、テーブルの上には空になったジョッキがいくつも転がっていた。

　いい稼ぎでもあったんだろうか？　むちゃくちゃ上機嫌で、とても迷惑だ。

　もしかして、町がピリピリしてたのは連中のせい？　いや、でもそんなに危険な連中にも見えないんだけど……。

　リィルはそわそわと落ち着かない。ちらちら四人組に視線を送っていた。『しーってしなきゃダメだよ』とか注意したいけどできない、って感じだ。

「あんまり気にするなよ。そのうち酔いつぶれて大人しくなるさ」

「そうそう。バカどもは放っておくのが一番だよ」

割りこんできたのは店のおばさんだ。飲み物を先に持ってきてくれた。

テーブルにミルク入りの大きなコップが置かれると、リィルは目を輝かせた。おばさんを映した瞳には、『この人いい人だありがとうっ！』と書いてあるようだった。チョロイな。

「あの人たち、この町の住人じゃないですよね？」

「ん？　ああ、流れの冒険者さ。ゼクスハイムから来たって話だね」

ゼクスハイムは俺たちが目指す街の名だ。近場にダンジョンや魔物の棲み処が多く、冒険者の街として有名なところだった。

「何かいい稼ぎにありついたんですか？」

素朴な疑問をぶつけると、おばさんは肩をすくめてみせた。

「あんな連中に大した依頼が受けられるもんか。回復薬が法外な値で売れたんだよ」

「回復薬？」

たしかに回復薬は値が張るものだ。

回復役のいないパーティーでは、これがないと冒険になんて出られない。

でも、値崩れや暴騰が起きないよう、各国はその管理に熱心だから、法外な値で取引される場合は少なかった。

「この町って、魔物に襲われたり、疫病が流行ったりしたんですか？」

そういう突発的な災害が起きたとしても、近くの街から支援がくるはずなんだけどね。

おばさんは首を横に振った。

「実はさ、町長の娘さんが、奇妙な呪いを受けちまってね」

みるみるＨＰが減り、町にあった回復薬は底を突いたのだとか。

そこへ今日の昼、たまたまやってきたあの冒険者たちが、町長の足元を見て法外な値段をふっかけた、とのこと。

町が不穏な空気に包まれていたのは、どうやら得体のしれない『呪い』が発生したことが原因らしい。

「でも、呪いなら専用アイテムなりを大きな街に買いに行けばいいのでは？」

「もちろんやってるさ。三日前、ゼクスハイムに解呪用アイテムとか、解呪できる人を探しにね。けど、まだ戻ってきてないんだよ」

街へは歩いて片道二日ほど。馬を走らせれば、用事を済ませても二日で戻ってこられるはずだ。

呪いの種類にもよるけど、アイテムや高ランクの呪術師がなかなか見つからないか、帰り道で何かあったか……。

俺がよくない想像をしたとき、おばさんが「ちょいと待ってな」と店の奥へ引っこんだ。料理を運んでくる。

「はいよ、お待ちどうさま」

俺とリィルの前には、別々の料理が置かれた。

リィルは厚焼きベーコンに野菜炒め、肉団子スープだ。なかなかボリューミー。

俺はソーセージ入りの野菜たっぷりポトフ。こちらも食べごたえがありそう。

二人の間にはパンが置かれ、お代わり自由とのこと。なんてサービスっ！

「いいんですか？　こんなに」

俺が払った金額じゃ足りないような……。

「ま、迷惑料込ってことでね。で？　あんた、何が訊きたいんだい？　あのうるさい連中のことじゃないよね？」

おばさんはお盆を隣のテーブルに置くと、椅子を引いて座った。文字どおり腰を据えて話してくれるのか。このおばさん、案外いい人なんだな。

「俺たち、ゼクスハイムへ行く途中なんです。そこでアイテム強化職人になりたくて」

「へえ、冒険者じゃなく、職人にねえ。ま、あそこは冒険者が集まる街だから、武器や防具の工房も多いよ。大きな総合店もあるしね。知ってる中じゃあ――」

おばさんは饒舌に説明してくれる。

長ったらしいものではなく、規模や特徴を簡潔に、強みや弱みは詳しめに。俺が欲しい情報を深掘りし、実にわかりやすい解説だった。

ただ、どうやら『アイテム強化』を専門にしている店はないようだ。

「ま、このくらいは街に行きゃ誰もが知ってる内容だよ」と謙遜もする。

「いえ、とても有益なお話でした。ありがとうございます。他に何か、街の噂なんかがあれば教えてもらえませんか？」

「噂っつってもねえ……。あ、そういや、新しいダンジョンが見つかったとかなんとか」

「新しいダンジョン、ですか？」

めちゃくちゃ大きな話題じゃないか。

「つい最近の話なのさ。だから規模もどの程度かあんまりわかんなくてねえ。ま、町長の娘さんのこともあって、みんな気にする余裕がないのさ」

なるほど。不確定な別の街の最新情報より、身近な問題というわけか。

ひとまずおばさんが知り得る限りの情報を得たところ。

街からそこそこ近い山間に突如洞窟が出現した。

命知らずが突撃したところ、戻ってこない。

冒険者ギルドが調査隊を募っている。

真偽が確かでないのはあるが、さすがに酒場の従業員、ポイントを押さえていた。

と、またも四人組が大声を張り上げた。

「おい、酒がねーぞ！」

「じゃんじゃん持ってこいよっ！」

おばさんは舌打ちして立ち上がる。俺も席を立った。銅貨を五枚、おばさんに手渡す。

「いいのかい？　大した情報じゃなかったけど」

「いえ、かなり有益な情報でした。美味しい料理もサービスしてもらいましたし」

「逆に悪いことしちまったねえ」

「いえいえ。あ、それと、俺もお酒を運ぶの手伝いますよ」

おばさんは難色を示したものの、俺の押しに最後は根負けした。

カウンターでお酒の入ったジョッキを受け取り、四人組のところへ運ぶ。

「お待たせしました」

俺は鳴かず飛ばずの冒険者時代、酒場でアルバイトもしたことがあるから慣れたものだ。

四人組は若い兄ちゃん（俺）には目もくれず、ジョッキを乱暴に受け取ると、

「「「「かんぱーいっ！」」」」

みなが一斉にジョッキを傾けた。ごくごく飲み、ぷはっと息をついてから驚きに目を見開く。

「うめえっ！」

「なんだこりゃ！」

「さっきと全然違うじゃねえかっ」

「うひょひょーっ！」

それもそのはず。俺は運ぶ最中、お酒にちょっとした細工――強化を施していた。

【火】の属性を3チャージ分、付与したのだ。

『性能』が上がって、味がよくなったのだろう。

俺は一礼してから、席を離れ、リィルのところに戻ってくる。

「さ、これで静かになるぞ」

「？　どうして？」

俺がにんまりする間にも、変化は訪れていた。

「あ、れ……？」

「なんか……」

「ひょろろぉ〜……」

「眠……、く……」

ぱたりと、四人はテーブルに突っ伏し、ぐーすか寝息を立てる。

「最初に言ったろ？」

俺は決め台詞っぽく言ってみた。

「そのうち酔いつぶれて大人しくなるって」

お酒の性能がアップし、速攻で酔いつぶれるほどになったのだ。フルチャージしたら飲んだ瞬間燃え上がる特殊効果が付くので、そこまではしなかったけど。

たくさん飲んで、最後は美味しいお酒でいい気分。

でも明日の朝は、強くなったお酒の効果で二日酔いがひどいだろうな。ま、周りに迷惑をかけるほど騒いだ罰だと反省したまえ。

俺とリィル、他のお客さんたちも、以降はそれぞれの会話を楽しみながら飲み食いできた。

夕食を終え、まっすぐ宿に向かう――ことはなく。

俺はちょっと気になったので、帰りがけに酒場のおばさんに聞いた、町長のお宅へと足を向けるのだった――。

★

町長さんの家は、大通りから外れた場所にあった。石造りの立派なお屋敷だ。

娘さんにかけられた呪いのことが気になって、手持ちの『オーガ水』を【強化図鑑】スキルで調べてみたところ。

なんと【聖】属性を2スロット以上ツッコめば、呪いを解く系のアイテムになることがわかったのだ。

これは、売りこむチャンス。

しかも呪いを受けたのは娘さんだ。べつに美人とは限らないから、まったく下心なんてないけどね。ええ、まったく。

ただし、『オーガ水』からできる解呪アイテムが有効かどうかは、娘さんの呪いの種類による。

呪いにかかったことは町全体に広まっているけど、その種類はなぜか公表されていなかった。

だから、まずはそれを確かめに来たのだ。

入り口で大声を張り上げると、使用人の男性が現れた。

旅の者で、もしかしたら解呪できるかもしれないと告げると、すぐさま俺たちは屋敷の中へ通された。

見ず知らずの若者二人に縋ろうとするなんて、かなり切羽詰まった状況であるらしい。

応接室に通され、ソファーに腰かけてしばらく待つ。リィルは革張りのソファーなんて初めてで、落ち着かない様子。俺も前世で何度か座ったことがあるくらいだ。

やがて六十代と思しき男性が現れた。白髪頭の老人は、『トマス』と名乗った。町長だ。

俺は、天井を仰いだ。

親が六十代の、娘さん。少なく見積もっても、三十代かあ……。

いや、アリだな。

俺は体こそピチピチの十代だが、心は四十のおっさんだ。百年以上生きてはいるが、死んだのは三回とも四十歳なので、精神年齢はその辺りで固定されてるっぽい。

つまり、アラフォーでも同年代。貧乏冒険者が通える娼館では、たいていそのくらいの人ばかりだったので、わりと慣れている。言ってて哀しい。

などと感傷に浸っていると、トマスさんは座りもせずに俺に近寄ってきた。

「君たちか。娘の呪いを解いてくれるというのは？」

ん？　俺は『解けるかもしれない』としか伝えてないんだけど……。

「いや、俺は――」

「ああ、これぞ神のお導き。見たところずいぶんお若いようだが、うむ、信用しよう。というか、今は藁にも縋る思い。誰であろうと構わない。さあ、さっそく呪いを解いてくれっ」

俺の手を強引に取ると、「さあさあ」と引っ張る。ちょっとテンパりすぎじゃないですかね？

「あの、だから俺は――」

「わかっておる。報酬は弾もう。もちろん、成功したらだがな」

「いえその、ですから――」

「先に言っておくが、娘の呪いは他言無用。誰かに話そうものなら、全財産をつぎ込んでSランク冒険者を雇い、抹殺するっ」

ええっ!?　この人めちゃくちゃ追い詰められてない？　もしかして首を突っこんだ時点で負けのパターンですか？

俺は激しく後悔しつつ、引きずられていった。


奥まった部屋。

扉を開けてもロウソクが一本、寂しく灯っているだけで、視界が悪い。

広い部屋のずっと奥に、うっすら天蓋付きのベッドが見える。

——そこに、巨大な何かがいた。

ぷしゅー、ふしゅるるるーっ、と奇怪な音を発している。生き物の呼吸音だろうか？　はっきり視認できないので【解析】も使えず、恐怖がつま先から頭のてっぺんまで登ってくる。

リィルが腕にしがみつき、不安そうに俺を見上げていた。

トマスさんが言う。

「念を押すぞ？　娘にかけられた呪いは絶対誰にも話してはならぬ。今の娘の姿も、だ」

うすぼんやりとシルエットが浮かんでいる、あの巨大生物のことを言っているのだと理解した。

俺は、ごくりと生唾を呑みこんで、一歩、二歩と近づいた。

絶句し、立ち止まる。リィルがカタカタ震えるのを腕に感じた。

女がいた。

人の姿をいちおう保っている。

だが、その体躯は男とか女とか判別不可能なほど、はちきれんばかりに膨れ上がっていた。体重はおよそ三百kg。寝返りどころか腕を上げるのも難しいほど、ぶくぶくに太っていたのだ。

――『膨張の呪い』。


【解析】で見た、彼女にかけられた呪いの種類だ。

食べなくてもひたすら体に肉が付き、太り続ける呪い。苦痛はさほどないものの、時間とともにHPはどんどん減っていく。

HPが0になれば、やがて衰弱死してしまう。

そして醜くなる自身の姿と、身動きが取れなくなる絶望感を伴う厄介な呪いだった。

そこらの解呪アイテムや、Aランクの呪術師でもなければ呪いを解くのは不可能。それくらい強力な呪いだ。

「さあ、早く娘の――マレーナの呪いを解いてくれっ！」

急かされても無理です。

【強化図鑑】上では、『オーガ水』から強化できるどのアイテムでも、この呪いは解くことができないのだ。

「どうした？　まさか今さら『解けない』などとは言うまいなっ」

言いたい。でも言えない。

どうしよう？

今さら『呪いは解けません』とか言っても、必死すぎる町長が俺やリィルに何をしでかすか……。

俺が迷い悩んでいると。

奇妙な呼吸音に紛れ、かすかな声音が耳に届いた。

「た、すけて…………」

気のせいかもしれない。幻聴かもしれない。でも、そんな声を聞いてしまったら――。

「トマスさん、ちょっと外に出てもらえませんか？」

「なに……？」

「集中するんで。すみませんけど」

俺は四度の人生で一番の演技をしてみせた。

トマスさんは焦燥と不安をたっぷりぬりこんだ瞳で俺を見る。

「信じて、よいのだな……？」

「お任せください。リィル、お前も外に出てくれ」

不安そうなリィルを引きはがした。

トマスさんは俺の覚悟を信じてくれたのか、大きくうなずいて、踵を返した。リィルもあとに続く。
扉が閉まり、俺はマレーナさんと二人きりになった。
ぷしゅるー、ふしゅるるるー。
彼女の奇妙な呼吸音が室内に響く。
さほど苦しげではないけど、肉に埋もれた目元から流れるのは、紛れもなく涙だろう。
どうにか、したい。
【強化図鑑】には、『オーガ水』から彼女を救う手立ては見つからないけど。

——俺には、『銅の剣』を魔剣に変えた能力があるっ。

確信なんてなかった。ただの勢いだ。それでも予感めいた何かがあったのも事実だった。
俺は『オーガ水』に【聖】属性を2スロットにぶっこみ、3スロット目に【混沌】属性をフルチャージした。

【名称】
破邪の神水
属性：聖、混沌
S1：◆◆◆◆◆
（聖）
S2：◆◆◆◆◆
（聖）
S3：◆◆◆◆◆
（混沌）

HP：10／10
性能：A
強度：E－
魔効：A

【特殊】

邪祓い＋＋

すげえっ！

元が危険度Bの魔物からドロップした虹色アイテムだったからか、【混沌】を混ぜたら超レアな解呪アイテムに生まれ変わったぞ。

究極とか伝説級のアイテムには劣るものの、たいていの呪いが解呪できるアイテムだ。

もちろん、『膨張の呪い』にも効く。

俺は肉をかき分け、マレーナさんの口に『破邪の神水』を流しこんだ。

こくりと、彼女が飲み下す。

小瓶にたっぷり残っていた『破邪の神水』が空っぽに消えた。アイテムは基本、一回の使用限定だからだ。

ぱあっとマレーナさんの体から光があふれる。

それまで時間とともに減っていたHPが、ぴたりと止まった。

「あ、ぁぁ……」

マレーナさんが意識を取り戻したようだ。

おそらく自らのステータスを確認したのだろう。

「な、おった……？　なおった……っ！」

俺も確かめた。彼女のステータスから、『膨張の呪い』は消え去っていた。

「トマスさん、終わりましたよ」

扉を開き、手を合わせて祈っていたトマスさんに声をかける。

「解呪は成功しました。呪いが解けたので、数日で元の体型に戻ると思います。体重が減るまでは安静にしたほうがいいですけど、食事はしっかりとってください。逆に衰弱しちゃうので」

解呪の直前、『膨張の呪い』の詳細説明を【解析】で調べたときに得た知識を伝えると、トマスさんは俺を押し退けるように娘の側へ駆け寄った。

「とう、さん……、なおった、よ……」

「ぉぉ……、おおっ！　よかった、本当に、よかった……」

トマスさんは娘の巨大な頭に抱き着き、涙を流していた。

「お兄ちゃんっ！」

リィルが俺に突進してきた。ぐぼっと小さな頭が腹にめり込むが気合で我慢。

「すごいねっ！　やっぱりお兄ちゃんはすごいね！」

ふふふ、リィルに称賛されると気分がいい。

「でも、どうやって呪いを解いたの？」

「……まあ、いろいろとな。運もよかった」

こいつには、いずれ俺の秘密を話さなくちゃな。でも今はまだ、誰にも内緒にしておこう。

そう思いつつ、ひとまず俺は、泣きじゃくる町長の後ろ姿を見て、ほっと胸を撫で下ろすのだった——。

★

娘さんにかけられた呪いを解いた俺は、それはもう町長に感謝された。

食事は済ませていたので豪華な夕食はお断りしたが、お屋敷で一番の客間でぐっすり寝ていけと言う。

せっかくの申し出だ。

断る理由がない。宿代が浮いたね。ラッキー。

通された部屋は、大きなベッドが二つ並んでも余裕がある。ローテーブルを挟んで向かい合うソファー。四人掛けの丸テーブルと、奥には羽ペンが置かれた机もあった。

奥には浴室も完備されていて、すでに湯は張ってあるとのこと。至れり尽くせりである。

「わあっ♪　すごいよ、お兄ちゃん。ふっかふかだあ♪」

リィルはベッドに飛びこみ、ぴょんぴょん跳ねている。

お行儀が悪いと窘《たしな》めようとしたが、町長のトマスさんが「構わんよ」と笑みを浮かべていたので、注意するのはやめておいた。

「ところでアリト君」

トマスさんがまじめな顔になり、パンパンと手を叩いた。

執事っぽい男性が現れ、トマスさんに革袋を渡す。じゃらっと金属がこすれる音。ずっしりと重たそう。もしかして……。

「今回の報酬だ。五百万ギリーある」

「五百万っ!?」

驚いた。

都会でまっとうな仕事に就いた中堅どころが一年間で得られる収入に匹敵する。

まあ、アイテム強化でできた『破邪の神水』とかいう超レアなアイテムなら、売ればそれくらいするかもしれないけど。

でもよく考えたら、超レアアイテムを売るとなると、『なんでお前みたいな弱っちいガキが持ってんの？』と不審に思われる可能性もあった。

だから、ここで使ってしまってよかったかもしれない。

ちなみにトマスさんには『解呪方法はちょっと秘密なので』と冷や汗を流しながら言ったら、特に追究はされなかった。

「明日の朝にしようかとも思ったのだがね。報酬がいくらか心配で、安眠できないと困ると考え、今渡すことにしたよ」

うん、実は気になってた。たぶん眠れないほどに。

「ありがとうございます」

俺が恭《うやうや》しく受け取ると、トマスさんは相好を崩して「礼を言うのはこちらのほうだよ」と笑った。


トマスさんがいなくなり、俺とリィルはソファーに並んで座った。ローテーブルの上で革袋を広げる。まばゆいばかりの金貨がわんさか入っていた。

二人、うっとり見つめること数分。

「さて、大金が手に入ったわけだが……」

「お小遣いは、ちゃんと貯めないとダメだよね」

我が妹はしっかり者である。

「まあ、使い道はいろいろ考えるところがあるんだがその前に。ゼクスハイムでの生活をどうするか？　まずはそこから考えよう」

「お兄ちゃんとの新生活かあ。えへ。えへへへ♪」

なにやら少女らしい夢見がちな生活を思い描いているようだが、ここは現実に引き戻さねば。

「お金に余裕ができたと言っても、働かなければ都会での生活は成り立たない」

「お兄ちゃんはアイテム強化職人になるんだよね？」

「ああ。けど、それにも道はふたつある」

既存のお店に就職して修行を積むか、自ら店を開くか。

「お兄ちゃんは就職希望でしょ？」

「うん、昔はそうだったんだが……」

なんか知らんうちに激レアの限定スキルとか聞いたことない限定スキルとか覚えてたから、計画がいい意味で狂いまくりなんだよね。

しかも今回、潤沢な資金が手に入った。

お店を開くのに十分かどうかはまだわからないけど、可能性は見えてきている、はず。

「まあでも、やっぱり最初は就職して、いろいろ経験を積むべきだよな」

【強化図鑑】はあるものの、第一線で活躍している職人さんたちの中でもまれることで得るものもあるだろうし。

酒場のおばさん情報によれば、アイテム強化を行える工房はけっこうな数あり、求人もそこそことのこと。

新しいダンジョンが見つかったとの情報が確かなら、冒険者はさらに集まり、工房は人手がより欲しくなるだろう。

目ぼしい工房もいくつかあったし、やっぱり就職活動かな？

が、ひとつだけ、問題があった。

大きな街には、【鑑定】スキルを持った人がいると思う。

全属性をコンプリートし、【アイテム強化】スキルがSランクであり、二つの限定スキルを持っているのは内緒にしたい。

騒ぎになれば、面倒事が降りかかる可能性が大きいからだ。

俺はひっそりとアイテム強化職人として力をつけ、いずれ伝説級の武具やアイテムを生み、冒険者で大成したい。

そのためには、ステータスを隠蔽する術を持っておきたい。

実は、それを可能とするアイテムが存在する。

『ステータス隠蔽』というまんまな名前の特殊効果を持ったアイテムだ。

このアイテムは【聖】属性の『魔物避けの護符』をベースに、相克する【闇】属性をフルチャージすればできると【強化図鑑】に書いてある。

でもこれ、一般的なアイテム（いちおうお高いけど）でわりと簡単にできてしまうのだけど、対策とかされてないかな？

ま、〝偽装〟じゃなくて〝隠蔽〟だから、あえて使う人なんていないのかも。

一抹の不安はあるものの、とにかくそれを作ってしまいたい。

などとあれこれ考えていたら、リィルがじっと俺の顔を見つめていたのに気づく。

「ごめん。ちょっと考え事してた。ほったらかしにして悪かったな」

「大丈夫だよ。お兄ちゃんの顔をずっと見てても飽きないから」

俺、そんなに面白い顔してる？

ちょっとがっくりきてしまうが、もう慣れっこだ。それにリィルは楽しんでいるようなので、良しとしよう。

「とりあえず、俺は就職しようと思う。で、この大金の使い道についてなんだが……」

何か入用があったときのために、ある程度は貯めておいたほうがいいだろう。

でも、せっかくなので有意義なことには使いたかった。

リィルを見る。

にこにこ顔に俺もつられて頬が緩んだ。

俺を慕ってついてきた妹に、できれば使ってやりたい。

ちょっと哀愁漂う顔をしていたのだろうか、リィルが心配そうに寄ってきた。

「お兄ちゃん、大丈夫？　疲れてるんじゃないの？　お風呂に入ったら？」

「ん？　そうだなあ。今日はオーガと戦ったり、いろいろあったし……てか、お前先に入れよ」

「リィルはお兄ちゃんと一緒がいい」

「……またか？　いい加減、風呂も水浴びも一人でできるようになれよ」

「どうして？」

心底不思議そうに小首をかしげるリィル可愛い。

でもなあ、こいつも十二歳。まだまだお子様ではあるけど、そろそろ恥じらいとか生まれる年ごろじゃないのか？

「ま、お前がいいなら、いっか」

し足りない話をお風呂に入りつつ、ということで、俺たちはお風呂へと向かった。


お風呂はけっこう広かった。

二人で入っても狭くは感じない。石鹸もあるし、旅の汚れを一気に落としてしまおう。

「ほら、洗ってやるからこっちにおいで」

「はーい♪」

リィルはすっぽんぽんで跳ねてくる。首から上と尻尾以外に体毛はまったくない。どこもかしこもスベスベでなだらかな小躯だ。

浴用椅子にちょこんと座り、俺に背を向ける。

俺は石鹸を泡立て、青く澄んだ髪をわちゃわちゃと洗ってやった。

思わぬ大金を得た俺は、リィルのために使ってやりたくて、ひとつの案を思いついた。

このタイミングで話してしまおう。

「なあ、リィル」

「ん～？」

声をかけると、泡でしみないようにぎゅっと目を閉じるリィルが応じた。

「お前って、ゼクスハイムに行ってもやりたいことはないんだよな？」

「？　お兄ちゃんと一緒になるんだよ？」

ふむ。要するに俺と一緒に生活することだけを考えているんだな。でも、なんだろう？　こいつの言い方って、妙な引っかかりがあるんだよな……ま、いっか。

「俺との生活以外でやることが決まってないなら、学校に通ってみないか？」

「学校？」

ゼクスハイムは冒険者が集まる街だ。そこには、冒険者を育成する施設――学校がある、と聞いた。

俺は自分自身を鍛える方向を（今回）生まれたときから諦めているので、まったく興味がなかった。

が、リィルは別だ。

こいつは身体能力の高いワーウルフで、伝説級の血統でもある。【水】と【聖】の二つの属性を持ち、『殴って治せる』拳闘僧《モンク》型の便利性能をすでに持っていた。

鍛えれば、実力でSランクの冒険者になれてしまうのではないか。

集団生活を送れば、人見知りもちょっとは改善するかもしれないし。

「冒険者を育成する学校があるんだ。興味ないか？」

「冒険者……」

リィルは噛みしめるようにつぶやいたあと、

「でも学校に通ったら、お兄ちゃんのお世話とか家事とかできなくならない？」

「俺は日中、仕事をしてるからな。お前はその間、学校に通えばいい。家事は二人で分担すれば大丈夫だと思うぞ？」

「うーん……」

リィルは珍しく悩んでいる。いつもなら俺が言うことには、なんでも素直にはいはい答えるのに。いや、無理強いしたいとは思ってないんだけどさ。

俺がリィルの細い手足や背中を洗っている間も、彼女はうんうんうなっていた。俺は急かすことなく、最後に尻尾をわしゃわしゃする。

くすぐったそうに身をよじっていたリィルは、洗い終わったタイミングでがばっと立ち上がった。

「うん。リィル、冒険者になるっ」

くるりと身をひるがえし、両手足を広げる。

「前とお尻は自分で洗えよ」

「えー」

口をとがらせるが、このやり取りはいつものこと。リィルはしぶしぶ胸やら腹やら股やらお尻に泡を塗りたくった。

その間に俺は自分をささっと洗う。

お湯で泡を流し、二人、浴槽に浸かった。

背を預けるリィルを、俺が抱っこする感じだ。

「なあリィル。学校に通えとは言ったけど、冒険者には無理してならなくてもいいんだぞ?」

「どういうこと?」

「冒険者の育成をするっていっても、社会に出てからの必要な知識も教えてくれる。そこで学んだことや経験したことを元に、自分なりに進路は決めればいいいさ」

リィルは「ふうん」とよくわかってなさそうな返事をしてから、俺の胸に頭をひっつけてきた。

「でもリィルは、冒険者になるよ」

それだけ言って、自分の尻尾をもてあそび始めた。

ま、今はそれでいいか。学校に入って、友だちができて、いろいろ考える機会はあるだろう。

……彼氏も、できたりするのかな？

またも不安になる俺でした。

★

お風呂から出て、俺たちはそれぞれ別のベッドで寝た。

が、明け方になってなんか体が重いなあと思ったら案の定、リィルが俺の布団にもぐりこんで引っ付いていた。いつものことだ。

リィルが目を覚ましてから身支度を整え、トマスさんへ挨拶しに向かう。

食べきれないほど豪勢な朝食をいただき、その席で俺はトマスさんに尋ねた。

『魔物避けの護符』はこの町でも売っているか、と。

「それくらいならこちらで用意しよう」

というわけで、タダでもらえました。しかも十枚も。余ったのはあとで売ろうかな。

で、トマスさんに別れを告げ、町の外へ出たところで。

俺は『魔物避けの護符』を一枚、取り出した。

これは名前のとおり、魔物を寄せ付けない【聖】属性のアイテムだ。ただし、寄せ付けないのは所有者と同等以下の魔物に限られる。また、危険度A以上には効果がない。

要するに、旅の道中で面倒な戦闘を避けたいときに使うものだ。

たとえば商隊が旅をするときは、高ランクの冒険者を雇い、持たせておく。身の安全もそうだが、魔物との戦闘で商品がダメになる危険をすくなくするためのアイテムだった。

つまり、俺みたいな貧弱ステータスの旅人が持っていても、あまり効果はない。

というわけで、一枚はリィルに持たせた。こいつはCランク相当の実力があるので、ゼクスハイムまでの魔物は寄ってこなくなるだろう。またはぐれのオーガさんとかが出ない限り。

さて、『魔物避けの護符』を【解析】で調べてみる。

【名称】
魔物避けの護符
属性：聖
Ｓ１：◇◇◇◇◇
Ｓ２：◇◇◇◇◇

ＨＰ：10／10
性能：Ｄ＋
強度：Ｅ－
魔効：Ｃ－

【特殊】

魔物避け

ふむ。ありふれたアイテムだから、ステータスは低いな。でもスロットは二つある。

で、これに【聖】と相克する【闇】を2スロットフルチャージすると、属性なしの『素性隠しのお札』に変化する。自分のステータス情報を、任意で隠蔽できるものだ。

ちなみに【闇】を1スロットだけにすると、【聖】と【闇】がケンカして『役立たずの護符』になる。いちおう属性は【聖】なんだけど、魔物避けの効果はなくなるそうな。

試しに『素性隠しのお札』を作ってみた。

自身のステータスを開き、ぴぴぴっと操作すると、なるほど、たとえば属性の項目は、こんな風にステータスを隠蔽できる。

＝＝＝＝＝＝＝＝＝＝＝＝＝＝＝＝
属性：火□□□、土□□□□□□
＝＝＝＝＝＝＝＝＝＝＝＝＝＝＝＝

めっちゃ不自然じゃないですかね!?

スキルポイントも万と千の桁を消してみると、『ＳＰ：□□□１３２』ってこれまた不自然。

白抜きの文字はどうにかならんのか？

そして俺は、スキル項目で重大な問題にぶち当たった。

＝＝＝＝＝＝＝＝＝＝＝
【スキル】
□□□□□□□□□
□□□□□□□
アイテム強化：□
＝＝＝＝＝＝＝＝＝＝＝

もうね、『なんかスキルが二つありそう』な不自然さは、大目に見ましょう。

でも【アイテム強化】のランクを隠そうとしたら、ランクなしに思われちゃうのはどうなのか？

ここ、『C』って書き直したいんだよね。

どうしよう？　ランクSはそのままにしておこうかな？『めちゃくちゃスキルと相性がよかった』とか言えば、大きな街だし、Sでも不思議がられたりしない？

就職にはめちゃくちゃ有利になるとは思うし。

でも、やっぱり、うーん、どうなの？　白抜き文字が怪しすぎるよなあ……。

『素性隠しのお札』は使えない。そう結論付けた俺だが、諦めが悪いので、もうひとつ試そうと思う。

1スロットに、【混沌】をぶちこむのだ。

『銅の剣』はそれで魔剣になった。きっと今回も俺を助けてくれるに違いない、と楽観してもいいかな？　ダメかな？

とりあえずS2を空にして、『役立たずの護符』を作る。特殊効果がなくなって本当に役立たずになってしまった。

で、空いたスロットに【混沌】をフルチャージしてみると……。

【名称】

素性偽りのお札

【属性】
混沌
S1：◆◆◆◆◆
（闇）
S2：◆◆◆◆◆
（混沌）

HP：10／10
性能：B
強度：E－
魔効：B－

【特殊】

ステータス偽装

神はおわしたっ！

〝隠蔽〟効果が〝偽装〟に変わってるぅ！

自身のステータスを表示し、ぴぴぴっと変更したい個所を指でなぞると、どのように変更するかの確認画面が出てきて、自由に操作が可能だった。

で、偽装した俺のステータスはこうなりました。

【属性】

火、土

HP：150／150(150)
MP：30／30(30)
体力：E+
筋力：E
知力：E
魔力：E
俊敏：E+
精神：E

SP：700

【スキル】
アイテム強化：B

まあ、うん。

スキルランクはBのほうが就職には有利かなって。

ステータス値も変えようと思ったけど、そこは見栄を張っても仕方ないしね。

というわけで俺は、ちょっと有能そうなアイテム強化職人のステータスを手に入れたのだっ。

三話

開店準備をしよう

やってきました冒険者の街『ゼクスハイム』。

高い石壁に囲まれた、人口が三十万に迫るとてつもなく大きな街だ。実はこの国の王都より規模が大きかったりする。

街の周りは草原や田畑が広がる平野部で、河川が二本、街を挟むように流れている。一方は大型船も行き来できる大河だ。

周辺は初心者に優しい危険度低の魔物がちらほら。

街からすこし離れると、森や岩山に行きつき、出現する魔物の危険度も上がっていく。

そしてそこには、洞窟や古城、迷いの森なんてものがあり、その奥深くには危険度Aの魔物がごろごろいらっしゃるのだ。

いわゆるダンジョンというやつだな。最近またひとつ増えたらしい。

というわけで、ゼクスハイムは初心者からベテラン、低ランクから高ランクの幅広い層の冒険者にとって魅力的な街である。

ゆえに、冒険者が多く集まり、『冒険者の街』とも呼ばれているのだ。

道中、荷運びの馬車が通りかかり、俺とリィルはついでに乗せてもらった。丸二日はかかる予定が、翌朝には到着できたのはよかった。

衛兵が守る城門をくぐった。

とくに検問はやっておらず、自由に出入りできるらしい。

俺たちは馬車の荷台の中で、街を観察する。

「ふわ～。お兄ちゃん、すごいね。人がいっぱいだよっ」

大興奮のリィル。耳と尻尾がぱたぱたしている。

「いやあ、ほんと、すげえなあ……」

俺もここまで大きな街を訪れたのはほとんどなかった。

幅広の通りは馬車が五、六台並んで通れる広さで、露店がそこかしこで開いているのに邪魔にはなっていない。大通りだけでなく、路地も石で舗装されていた。

建物もほぼ石造りで、三階、四階建ては当たり前。遠くには高い塔がにょっきり生えている。

街の中央付近まで馬車で運んでもらった。

お礼にいくらか支払ったけど、最後まで気さくなおじさんだったな。リィルも別れ際は手を振って挨拶できていたし。人見知りではあるが、親切な人にはすぐ慣れるのだ。

バカ高い塔を見上げる位置で、俺たちは大きな道の端っこに寄ってきょろきょろ歩く。

明らかに田舎者の俺たち二人はしかし、浮かれながらも警戒を怠らない。

なにせ俺たちは今、五百万ギリーという大金を持ち歩いているのだ。

なので真っ先に向かったのは――。

「いらっしゃいませ～。モンテニオ銀行へようこそ～」

銀行である。

お金を預けるところである。

実は荷運びのおじさんに、道中で銀行について尋ねていた。

いくつか銀行を紹介され、おじさんの目的地に近い銀行のそばまで運んでもらったのだ。ちょうど街で一番大きな銀行というのも幸運だった。

「お兄ちゃん、本当に預けちゃうの？　大丈夫かな？」

リィルは不安そう。まあ、赤の他人に大事なお金を預けるなんて、ふつうは考えられないよな。

でも、都会ではそういう仕組みがあると説明した。

俺は冒険者時代、日銭稼ぎがせいぜいだったのでお世話になる機会なんてなかった。が、稼げる冒険者になればなるほど、お金は銀行に預けているのを知っている。

「むしろスリや空き巣に盗られないよう、こういう信用できるところに預けるんだよ」

俺が頭をなでなでしてやると、リィルは安心したように目を細めた。

受付カウンターに近寄ると、中からちょび髭のおじさんが迎えた。

「ようこそ、モンテニオ銀行へ。どのようなご用件でしょうか？」

「えっと、お金を預けたいんですけど……」

「ご預金ですね。カードはお持ちですか？」

「へ？　カード？」

なんだそれ？　身分証とかかな？

ちょび髭のおじさんは俺が困惑するのに気づいたのか、ちょっとだけ眉をひそめた。が、すぐさま笑顔に戻る。

「当行のご利用は初めてでいらっしゃいますか？」

「ここっていうか、銀行自体が初めてで……。俺たち、ついさっきこの街に着いたばかりなんです」

おじさんは「なるほどー」と大げさにうなずいて、

「であれば、この街独自のシステムもご存じないのでしょう。それらを含めて、当行のご説明をさせていただきます」

おじさんは俺とリィルを交互に見て、「少々お待ちください」と後ろを向いた。

カウンターの奥は事務スペースになっていて、多くの銀行員が机に向かって仕事をしている。

「サマンサ君、ちょっと……」

呼ばれ、端っこの席にいた女の子が顔を上げた。

そう、女の子だ。見た目は八歳くらいの女の子。

栗色の髪を後ろでひとつに束ね、小さな丸眼鏡をかけた、素朴な感じの愛らしい顔立ち。ぶかぶかの服を着ている。

身長は俺の腰くらいで、大きなかばんを肩から提げてパタパタ駆けてくる。

おじさんが耳打ちすると、女の子は俺たちのほうを見て、にっこりと笑った。で、カウンターをぐるっと回って俺たちの側にくる。

「初めまして。本日、皆様の担当をさせていただくサマンサと申します。よろしくお願いいたします」

きっちりしたお辞儀に俺はたじろぎつつ、「アリトです。よろしくお願いします」と頭を下げた。

「私、ホビットなので見た目は小さいですけど、これでも二十四歳なんですよ」

どうやら俺が面食らっているのを察したらしく、嫌な顔もせずにそう自己紹介してくれた。

俺の後ろに隠れていたリィルに、柔らかな笑みを投げる。リィルはてへへとはにかんで応じた。

もしかしてちょび髭のおじさん、俺たちが若く田舎者であるのを理解して、話しやすい彼女を選んでくれたのだろうか？　だとしたら有能だ。さすが街一番の銀行の受付職員。

サマンサさんは「こちらへ」と俺たちを別室に案内する。

広い部屋には仕切りがいくつもあって、テーブルひとつ分のスペースで区切られていた。ちらほらと人はいるが、俺たちは隣に誰もいないスペースに通される。

俺とリィルが並んで座ると、対面にサマンサさんが腰かけた。小さいので肩から上しか見えない。

「ではアリト様、本日は新規での口座開設とのことでよろしいでしょうか？」

「あ、はい。でも俺、なんにも知らなくて……」

「承知いたしました。お手続きを進めながら、説明させていただきますね。では早速ですが、本日ご入金いただく金額を教えていただけますか？　もちろん少額でもけっこうですよ」

「えっと、手持ちは五百万ギリーあるんですけど――」

「ごひゃっ!?　……こほん。失礼しました」

サマンサさん、めっちゃ驚いてたな。

俺が金貨の詰まった革袋をテーブルに置くと、「失礼します」と椅子の上に膝立ちし、「拝見します」と革袋を開いて中身を見た。「ほわぁ～」と感嘆の声を上げている。

「あの、なにか問題でも……？」不安になる俺。

「はっ!?　いえその……失礼ながら、これほどの大金をお持ちだとは思いませんでしたので……」

まあ、十五歳のガキんちょが持って歩く額じゃないもんなあ。

「こちらの正確な金額を確認させていただいてもよろしいでしょうか？」

俺が「どうぞ」と促すと、サマンサさんは椅子から降りて持ってきたかばんを開き、テーブルの上に四十センチ四方の金属板を置いた。

また椅子の上によじ登り、革袋から金貨をひとつ取り出すと、金属板の上に置いた。

なんかこの人、いちいち動作が微笑ましいな。

と、金属板の上に何やらウィンドウが表示された。ここからじゃ内容は読み取れない。

サマンサさんは小さくうなずくと、金貨をじゃらじゃら金属板の上にのっける。

「…………確認しました。すべて王国金貨で、金額はきっちり五百万ギリーですね」

どうやらあの金属板、貨幣が本物かどうか、混ぜ物がないかを調べ、正確な金額を計るものらしい。

サマンサさんは金貨をそのままに、俺に向き直った。

「いかがでしょうか？こちらを全額ご入金されますと、『銀』のコンシェルジュサービスが一年間、受けられますが」

「コン……なんです？」

「当行ではお金にまつわるご相談、場合によってはお手続きの代行など、さまざまなサービスを有償で提供しております。これをコンシェルジュサービスと呼んでおります」

そして、一定額以上お金を預けたお客さんは、預金額に応じて無料で使えるのだとか。

「シルバーは五百万ギリーからですが、直後に全額お引きだしいただいても、1年間サービスは受けられます」

へえ。一瞬でも五百万を預ければいいのか。なんかお得だな。

「ご相談は解決までで一回と考え、シルバーは年間で三回、無料でご利用いただけます」

サマンサさんは、俺の隣でかしこまっているリィルに笑みを向ける。

にへらと応じるリィル。警戒心がかなり薄れているな。

「アリト様はゼクスハイムに初めてご来訪されたと伺っていますが、もし生活なされるのであれば、住居のご紹介と契約の代行もいたしますよ？」

マジですかっ⁉　それは嬉しい。

「あの、実はこいつ……妹のリィルを学校に通わせたいんですけど、その辺も相談に乗ってくれたりするんですか？」

サマンサさん、「妹……？」と小首をかしげる。まあ、種族が違うものね。が、プライベートには立ち入らないのか、「もちろんです」とにっこり笑った。

ならば迷うことはない。

「じゃあ、全額を預けます」

右も左もわからない都会で、回数制限があるとはいえ相談できる誰かが得られたのは心強い。

「ありがとうございますっ」

愛らしい顔に満面の笑みを咲かせるサマンサさん。

その小さな体が、とてつもなく頼もしく思える。

「では、口座開設の手続きを進めるにあたり、この街の特殊なシステムから説明させていただきますね」

サマンサさんは真面目な顔で続けた。

「大前提として、この街では基本、現金を必要としません」

「えっ」

驚く俺たちの反応を見届けてから、持ってきたかばんから何かを取り出した。

手のひらサイズの金属板だ。

「こちらは『ギリーカード』――通称、『ギリカ』です。街での買い物や食事、商品の買い取りなど、売り手も買い手も金銭のやり取りは、ほとんどの場合これを用いて行われます」

【解析】でカードの情報を見る暇を与えず、サマンサさんは熱く語る。

「お客様の『ギリカ』を取引相手の『ギリカ』に重ね合わせると、ウィンドウが表示され、双方が取引金額を設定し、最終確認を行います」

このように、と二枚のカードを取り出し、重ね合わせて実演してくれた。

二つのウィンドウが現れ、手慣れた感じで互いに二千ギリーを入力する。双方のウィンドウで金額とともに『よろしいですか？』の表示がなされ、どちらも『はい』を押すと、『シャリ～

ン♪』と軽快な音が鳴った。

一方の残高が二千ギリー減り、もう一方が同額増えていた。

「これで取引は完了です。簡単ですよね？」

どうだ、と言わんばかりの得意顔だ。

「たしかに便利ですけど、カードを失くすと大変ですね。悪用されそう」

「そこは大丈夫ですっ。『ギリカ』は本人確認機能も備わっていますから、契約者様ご本人でなければ使えません。昏睡状態や、脅されて緊張状態にあっても感知する優れもので、防犯対策はばっちりです。もちろん失くすと使えませんから、すぐに再発行の手続きをしていただきますが」

「なるほど。なら安心……あれ？　それだと、リィルが使えないよね」

リィル用に別口座を用意しなければならないのだろうか？

「そちらのご心配にも及びません。契約者様ご本人の承諾があれば、同じ口座で他者の名義の『ギリカ』が発行できます」

仲良しの冒険者パーティーは、専用口座を作り、お金を共有している場合もあるのだとか。

他にもいくつか説明を受けた。

「じゃあ、リィルのカードもお願いします」

「承知しました。では、まずはアリト様のカードからお作りしますね」

差し出された紙に、名前や年齢など必要事項を記入する。

サマンサさんは別の革袋を用意し、金貨を入れていく。それをかばんにしまうと、代わりに台座みたいなものを取り出した。そこに新たな銀色のカードを置く。登録用紙を確認し、小さくうなずくと。

「カードに指を触れてください」

言われた通りにすると、銀色のカードがまばゆい光に包まれた。やがて消える。

「これでご本人様の登録が完了です。入金処理も終わりましたので、ご確認ください」

カードを持って念じると、ウィンドウが表示され、残高が五百万ギリーとあった。

続けて、リィルの専用カードを作ってもらう。

俺はその間、興味本位で『ギリカ』を【解析】してみた。

【名称】
ギリーカード（銀）
属性：―
S1：◆◆◆◆◆
（聖）[locked]
S2：◇◇◇◇◇
[locked]
S3：◇◇◇◇◇
[locked]
S4：◇◇◇◇◇
[locked]

HP：40／40
性能：D＋
強度：E＋
魔効：C－

【特殊】
本人認証
身体状況感知
相互通信
コアシステム通信・同期

ふむふむ…………［locked］ってなんですのん？

他はちょっと横に置き、疑問の解決を図る俺。項目に意識を集めると、解説が表示された。

スロットに属性付与も解除もできなくする状態で、【アイテム強化】のランクBで［locked］状態にできるとのこと。

ところが、この状態を解除するには、【アイテム強化】のランクSが必要らしい。

俺はいきなりランクSまで上げたので、どのランクで何ができてできないのか、詳しく知らなかった。

今後はそのあたりも勉強しないとなあ、と反省しきり。

それはそれとして。

俺の職人魂に火が点いた。

これ、ロックを外して強化したら、どうなるんだろう？

いちおう強化図鑑に登録があった。

未強化の状態だと『ギリーカード（銅）』。で、銀の状態でスロット2に【聖】属性をフルチャージすると『ギリーカード（金）』になり、スロット3にも【聖】を付与すれば『ギリーカード（黒）』になるそうな。

ステータス値は強化した分、上がっていくけど、特殊効果は増えない。属性も無属性のままだ。

たぶん、コンシェルジュサービスのために見た目が変わるくらいなんだろう。

ちなみに【聖】属性以外を付与した場合、しょっぱい特殊効果はつくが、たいした強化にはならなかった。

でもね、【混沌】を付与したらどうなるかは、わからないわけですよ。

うずうず。

ちょっとやってみたくなった。

サマンサさんの説明では『ギリカ』を強化しちゃダメ、というのはなかった。

でもわざわざスロットをロックしているのだから、問題があるのかもしれない。

なので訊いてみた。

「あの、『ギリカ』を強化してもいいんでしょうか？」

ちょうどリィルのカードができあがり、手渡しながらサマンサさんはにこやかに答えた。

「強化用のスロットはロックされていますから、ふつうはできません。まあ、口座を解約される場合に『ギリカ』はご返却いただくのですが、そのときに現状のままであれば問題ないです」

ちょっと呆れぎみな声に聞こえたのは気のせいか？

もしかして、強化した人が過去にいたのかも。

ロック解除には【アイテム強化】のランクSが必要で、どんなスキルであれSはなかなかいない。でも都会だし、何人かはいるはずだよな。

とりあえず今ここで、は自重した。

その後サマンサさんと世間話を交えつつ、新居の話になる。物件の条件とか希望とかを伝え、意見をもらい、熱く語った。

「では、いくつか候補を選んでおきますね。明日のご予定は？　朝からでも大丈夫ですか？」

「はい。予定はなんにもないです」

「それでは朝の九時、当行の営業開始時間ごろにお越しください」

サマンサさんはにっこり笑顔で言うと、帰り際にちょっとしたメモを渡してくれた。近場の宿をいくつか記してある。

見た目ちっちゃいけど、この人なかなかやり手だなっ。そして親切だ！

慣れない都会に来た初日に、こんないい人に当たったのは幸運以外の何ものでもないな。

★

気がつけば、もうお昼近く。ずいぶん話し込んでしまったらしい。

リィルと二人、どこでお昼を食べようかと話しながら銀行の玄関を出ると。

大きな道の反対側に、とびきりの美少女がいた。

地面につくほどの長い金色の髪を三つ編みに束ねている。煌びやかな錫杖を手に、ゆったりした白い神官服は清楚そのものだが、それでも隠せない豊満な胸の盛り上がり。

周りには三人の男が彼女を取り囲んでいた。

見るからに冒険者風。腰に剣を差している者、ローブを着た者、こぶしに硬そうな布を巻きつけた拳闘士っぽい人もいる。

で、少女は神官風なので、バランスの良いパーティーに見えなくもないのだけど……。

あれ、女の子が絡まれてるんじゃない？

剣士っぽい男が話しかける中、他の二人は彼女の後ろや横をふさいでいる。開いているのは通りに面したところだけ。

美少女さんは笑みを浮かべているものの、ときおり困ったように眉尻を下げていた。

道行く人たちも気になっている様子だけど、男どもは強引に迫っているわけではなく、なんというか、頼みこんでいるような？

と、金髪美少女さんがこちらを向いた。

ぱあっと美貌に笑みを咲かせると、通りを挟んでこちら側へぶんぶんと手を振るではないか。

俺は思わず後ろを向いた。誰もいない。というか、扉だ。閉ざされた銀行入り口の重厚な扉。

すぐさま顔を隣へ向けた。

「リィル、お前の知り合いか？」

ぶんぶんと首を横に振る我が妹。「お兄ちゃんじゃないの？」と逆に尋ねてくる。

「聖職者の知り合いは村の神父さんしかないよ」少なくとも今回の人生では。

再び彼女に目をやれば、周りを囲む男たちにぺこぺこと頭を下げ、通りに飛び出しそうになったところを立ち止まり、右を見て左を見て安全を確認すると、たったかこちらへ駆けてくる。

そんな彼女を前に、俺とリィルは――。

「どこへ行くんですかっ⁉」

二人して、そそくさと左折して歩き出したのだった。

だって、銀行の入り口前に立っていたら邪魔かなあ、と思ったので。

てか、そっちこそ見ず知らずの俺に何用が？　と不審に思う俺。

でもまあ、仕方がないので美少女さんに向き直る。

「えっと、何かご用でしょうか？」

美人慣れしていない俺はびくびくと落ち着かない。人見知りのリィルも俺の背後にさっと隠れた。

美少女さんは俺たちの側にやってくると、深々と頭を下げた。

「突然すみません。わたくし、セイラと申します」

「あ、えっと、俺はアリトです。で、こっちが妹のリィルです……」

セイラさんは種族の違う妹にも不思議がる様子はなく、眉尻を下げて言う。

「勝手なお願いで恐縮なのですけれど、しばらく知り合いのふりをしていただけませんか？」

「……もしかして、ナンパされてたんですか？」

「ナンパ、と言いますか、『自分たちのパーティーに入ってくれないか』と誘われまして……」

見たところ彼らは回復系のメンバーがいなさそうだったから、彼女を誘いたい気持ちはわかる。美人だし。おっきいし。

ふつうは誘われたらお試しでクエストをこなし、しっくりこなければ離脱する。

でも男所帯に女性が一人は不安だろう。

「わたくし、昨日冒険者登録をしたばかりで、いきなりBランクの方々とは無理ですと伝えたのですけど……」

ふむ。初心者ならなおのこと、萎縮して当然だ。

話を聞く限り、なるほど納得な感じはするのだけど……。


【属性】

聖

ＨＰ：650／650（650）
ＭＰ：400／400（400）
体力：C
筋力：C
知力：B
魔力：B
俊敏：C
精神：B

ＳＰ：500

【スキル】
聖魔法：B

【魔法】
中回復
解毒
麻痺解除
浄化
聖光の矢

この人、わりと優秀ですよ？

聖職者から冒険者になった口なんだろうけど、実力はBランクに足が入ったところ。

同程度の実力があり、しかも経験豊富そうな彼らとパーティーを組んだほうがよさそうにも思うんだけど……。

ところで、俺は【鑑定】でも読み取れるステータス以外にも、彼女のパーソナルデータというか、裏ステータス的な情報も知り得る。

それによると、だ。

…………94か。やっぱりおっきいですねっ。

腰回りとかめっちゃ細いのに。

あれ？　でも……。俺は違和感に襲われる。眼前に表示される彼女のステータスが、ちょっと霞がかっているような……？

気のせいレベルの違和感にも思えるが、じっと目を凝らす。

ん？　ステータスの向こう側のセイラさんが、頬を赤く染めてもじもじしているぞ？

あー、なるほど。

客観的には俺がじろじろ彼女の体（視線の先はちょうど胸元）を見ていると感じたからだな。

き、気まずいっ！

と、俺の後ろで『くぅ……』と可愛らしい音が鳴った。

俺はすぐさま自分の腹に手を当てる。

「そういえばお昼がまだでした」

あははっと取り繕うように笑って、『では失礼します』と続けようとしたところ。

セイラさんはポンと手を叩いて。

「わたくしもこれからなのです。よろしければ昼食をご一緒しませんか？」

「へ？」

なぜだか一緒にご飯を食べることになってしまった。


大通りから一本奥へ入った道。そこそこ広い通りは、なんだかこじゃれた感じがした。

そして中でもひと際オシャレなレストランに入る。

格調高いテーブル席に案内され、これまた高そうな椅子におっかなびっくりで腰かける。

セイラさんは慣れたもので、錫杖を壁に立てかけ、緩やかな動きで席に着いた。

有無を言う暇もなく非常に落ち着いた雰囲気の店に連れてこられたが、田舎者の俺とリィルはまったく落ち着かない。

まあ、それはそれとして。

俺はここへ来るまでの間、彼女が持つ錫杖が気になって仕方がなかった。

【名称】
聖竜の錫杖
【属性】
聖
S1：◆◆◆◆◆
（聖）
S2：◇◇◇◇◇
S3：◇◇◇◇◇
S4：◇◇◇◇◇
S5：◇◇◇◇◇
S6：◇◇◇◇◇
S7：◇◇◇◇◇

HP：1200／1200
性能：A－
強度：B－
魔効：A

【特殊】
天位の癒し
聖泉の加護
破邪の聖域
神竜の息吹

売ったらプール付きの家が建つんじゃないですかねっ⁉

なんだこれ⁉　基本性能がバカ高いのもそうだけど、スロットが七つ？しかも一個しか使ってなくてこの性能？

特殊効果もすごい。

『天位の癒し』はHP特大回復に、一部状態異常回復のおまけつき。

『聖泉の加護』は呪いまで解除できる万能効果を持つ。

『破邪の聖域』は呪いや状態異常、さらには闇魔法の威力を低減できる領域を作成する。

で、これら補助系に加えて『神竜の息吹』という、聖属性の広範囲攻撃効果まである。

名前に『聖竜』とついているのはどこか運命的なものを感じてしまうな。

俺、最初に轢かれたドラゴンがセイント・ドラゴンだったんだよな。思えば、俺の数奇な運命はそこから始まった。

などと感傷に浸るのは後にして、このお高い錫杖は、Sランクかそれに近い冒険者か、位の高い聖職者が持つものじゃないですかね？

いったいこの人、何者なんだ？

俺がまたもじろじろ見ていると、セイラさんは気恥ずかしそうに目をそらし、俺に尋ねる。

「あの、何か……？」

「いえその、あの錫杖が立派なので、気になってしまって」

正直に言うと、セイラさんは小首をかしげたあとハッとした表情となり、わたわたと取り乱した。

「それはあの、忘れていたというかなんと言いますか――」

「忘れていた？」って何を？

「ではなくっ！　えーっと………そう！　か、家宝なんですよ」

「家宝？」

「そうですっ。詳しくは知りませんけれど、何やらいわくつきであるとか？」

うーん……。もしかして、やんごとなきお方なのかな？　身分を偽って、社会勉強のため冒険者になったとか？

　いやいや待て待て。

　逆に大悪党という可能性も否定しきれない。あの錫杖もどこかで盗んできたのかも。

　俺は細心の注意を払いながら、セイラさんを観察した。

　俺たちに苦手な食べ物がないかを訊き、手慣れた様子で店員さんに注文する。

　料理を待つ間は、リィルに優しく語りかけていた。俺にもついでのように質問してくる。

　自らを語ることなく、こちらの情報を根掘り葉掘り聞き出していた。

　あ、怪しいっ。

　料理が運ばれてきて、食事を進める間も、彼女はときおり料理の解説をしながら、こちらに話を振ってくる。

「へえ、アリトさん、アイテム強化が得意なのですね」

「得意と言いますか、職人を目指していまして」

「では、仕事を始めたら教えてください。わたくし、最初のお客さんになりたいです」

　俺は警戒しつつも、美少女に微笑まれて鼻の下を伸ばしてしまい、預金額まで（訊かれてもいないのに）しゃべってしまった。

　ますます怪しいぞこいつ！

「リィルさん、こちらも美味しいですよ？」

「あ、ありがとう。セイラお姉ちゃん」

でっかい肉の塊を渡され、リィルがはにかんだ笑みで受け取る。

なんてことだ。リィルまで懐柔されてしまったぞ！

ん？　でも待てよ？　リィルは人見知りであるがゆえか、いい人かそうでないかを敏感に感じ取る。いい人にはすぐ慣れるのだ。

ということはこの人、大丈夫なのだろうか？

「――でね、明日、その銀行のお姉ちゃんと一緒に、新しいお家を探すんだよ」

「そうなのですか。わたくしも今は宿暮らしなので、どこかに住まいを借りようと考えていました」

二人はすっかり打ち解けた様子で話している。

やっぱり、悪い人ではなさそうなんだよなあ。

だったら警戒しなくてもいいかな？

俺がぼんやりと考えていると。

「……よね？　アリトお兄ちゃん」

おっと、いかん。ぼーっとしてた。

「お兄ちゃん？　いいよね？」

リィルが不安そうに俺を見上げている。

「ああ、いいぞ」

なんだかわからんが、たぶんお代わりとかだろう。

リィルはぱあっと顔を輝かせると。

「お兄ちゃん、『いい』って。よかったね、セイラお姉ちゃん♪」

「ん？」

「はい。ありがとうございますっ、アリトさん♪」

「んんっ？」

俺がぼーっとしている間に、いったい二人の間で何が？

リィルは耳をぴょこぴょこ動かして、椅子の上でも跳ねる勢いでセイラさんに言う。

「じゃあ、もっと大きな部屋にしないとだね」

「お二人の邪魔をするつもりはありませんから、わたくしは別の部屋ということで」

「えー、一緒でもいいよぉ」

「いちおうその、わたくしも年ごろの女ですから——」

「……あの、頬を赤らめてなんのお話を？」

たまらず割って入ると、二人はきょとんとした顔になり、

「わたくしも、お二人の新生活にご一緒させていただくお話ですよ」

「るーむしぇあ？　って言うんだって」

ああ、そういうことね。

新居には俺たちと一緒にセイラさんも住もうって話か。

うん、なるほどなるほど。

って、なんでやぁっ⁉

俺は内心で絶叫した。落ち着いた店内で叫ぶのはためらわれたので――。

★

美味しい昼食をいただき、店を出た。

なんとなく『奢ってくれそう』な感じだったが、やはりセイラさんは『お礼です』と食事代を全額支払ってくれた。

いちおう、『いやいやそんな』『いえいえお気になさらず』みたいなやり取りを三往復させはしたけどね。

ところでセイラさん、支払いのときに黒いギリカを使ってたんだけど……。あれって一番グレードが高いやつだよね？

ホントに何者なんだ……？

で、午後をどうやって過ごそうか、食事中に考えていたのだけど。

「じゃあアリトお兄ちゃん、がんばってね！」

「妹さんのことはお任せください！」

ともに気合十分の二人。

俺は早いとこ働き口を見つけようと、目ぼしいところへ突撃しようと考えた。

今日会ったばかりの人にリィルを預けるのはどうかとも思ったが、ブラックカードを持つお金持ちで、なによりリィルが懐いていたから、たぶん大丈夫だろう。

それに、何かあったときの対策もいちおう用意していた。

俺は二人と別れ、大通りに出た。

この街は人口三十万を抱えるほど大きく、広い。移動は乗り合いの馬車が主流だ。

乗合馬車は待ち時間もほとんどなく、ぞくぞくとやってくる。

待っている人に行き先などを告げ、どれに乗ればいいか尋ねた。田舎者丸出しだが仕方がない。下手に時間は取られたくなかったからね。


で、街の北ブロックの商業区にやってきた。

この街は東西南北で大きく4つのブロックに分かれていて、それぞれ特徴はあるものの、商業区や住宅区などで細かく区分けされているのは同じだ。

北ブロックは南と同様、多くの冒険者が拠点としている。街の南側は平原が広がり、危険度の低い魔物が主。なので低ランクの冒険者がメインだ。

対する北ブロックは、難関のダンジョンやらを攻略する、高ランクの冒険者が集まっていた。

当然、高級な武具やアイテムを扱う店が多い。

中でも『ドローアス商会』は有名らしい。

街で一番の規模を誇る、総合商店とのこと。

俺はアイテム強化を専門にしているため、武具屋やアイテム屋より、それらを一手に扱うお店のほうがよいと考えたのだ。


七階建てのバカでかいお店に突入する。

広い店内には目玉商品がひしめいていた。剣や盾、鎧。回復薬や装飾品までごちゃっとしている感じがするが、ここはディスプレイが目的のようで、二階より上は専門のフロアになっているらしい。

俺は恐る恐るそこらの店員さんに声をかけ、ここで働きたい旨を伝えた。

店員さんは特に嫌な顔もせず、最上階へ案内してくれる。

応接室で待たされること十分ほど。

「やあやあ、お待たせしちゃったかな？　ごめんねえ、今ちょっと忙しくてさ」

やってきたのは四十歳前後の気さくなおっちゃんだった。

分厚いエプロンは汚れていて、いかにも職人という感じの人だ。

実際、【解析】スキルでステータスを覗いてみると、【鍛冶】スキルのランクがAで、【合金】がBのベテラン職人っぽい。でも、【アイテム強化】はCなんだな。

俺は挨拶を済ませると、さっそく自己アピールを開始する。

やる気は人一倍あると熱心に語った。

「へえ、その若さで【アイテム強化】がBなのかい？　目標もしっかりしているし、すごいねえ」

つかみは万全。

俺は見えないところでぐっとこぶしを握った。ところが、である。

「でも、それだけじゃねえ。君、武具とアイテム、どっちかの作成系スキルは覚える気ないの？」

「え……いや、今のところは……」

「絶対覚えたほうがいいよ。まだ若いんだし、アイテム強化なんて後でどうとでもなるんだからさ」

「……」

おそらくこのおっちゃんは、悪気があって言ったのではないだろう。むしろ前途有望な若者への期待から、作成系のスキルを薦めているのだと思う。

でも、アイテム強化『なんて』というどこか見下した発言は、俺をイラッとさせた。

同時に、不安が生まれる。

「あの、アイテム強化って、あまり重要視されていないんでしょうか？」

「もちろん重要ではあるよ。誰も軽視しちゃいないさ。ただ、やっぱりアイテム強化は特殊だからねえ」

「特殊……？」

「だってさ、アイテム強化だけやってたら、スキルポイントが全然貯まらないだろ？」

ふむ。俺の場合はトントンよりちょっと増えるくらいだけど、そういうことかな？

そんなお気楽な考えは、次の瞬間、否定される。

「やればやるほどスキルポイントがなくなっちゃうんじゃ、仕事にならないよ。たしかランクSまで上げないと、強化で使うスキルポイントを、経験で得られるスキルポイントが上回らないんじゃなかったかな？」

えっ。そうなの？　A以下は『使用SP＞取得SP』ってこと？

まあ、Sでほぼトントンだから、それより下のランクじゃ当然なのかも。てか、他の職人系スキルは違うのか。そっちのが驚きだ。

「だから、まずは【鍛冶】でもなんでも手に職をつけて、スキルポイントが貯まったら【アイテム強化】をランクアップさせればいいよ。まあ、効率を考えたら、お薦めはしないけどね」

やんわりと『お前が目指す場所は地獄だ。別の道へ行け』とおっしゃるおっちゃん。

俺はまだまだ、知らないことが多すぎるようだ。ならば――。

「お願いがありますっ！」

土下座する勢いに、びくっとするおっちゃん。

「俺は田舎者で無知な若造です。アイテム強化の現状について、いろいろ教えていただけないでしょうかっ」

就職活動中なのをすっかり忘れて頼みこむ。

担当のおっちゃんは『これは変なのが来たなあ』という表情をしたものの、

「なんだか知らないけど、いいよ。付き合おうじゃないかっ」

ノリノリで俺の質問に答えまくってくれたのだった――。


けっきょく、俺の採用は見送られた。

他の職人系スキルを身に着けておいで、というのが理由だ。まあ、当然だね。

たっぷり三時間、仕事をほっぽりだして俺の相手をしてくれたあのおっちゃんには感謝しかない。

店の一階まで降りてきて、ぐるりと店内を見回す。

なかなかの品揃えだ。飾られているのは、なるほど目玉商品だと思わせる逸品がそろっていた。

でも、いくつもある強化スロットは、三つか四つしかチャージされていない。

【アイテム強化】のスキルランクが低いのもあるだろうけど、スロットとチャージの状況が【鑑定】では知ることができないため、まさしく手探りでの強化となるがゆえらしい。

おっちゃんの話では、すくなくともこの街には【解析】スキルを持つ職人はいないそうだ。

もともとSランク冒険者でも入手が難しい限定スキル。生まれつきでもない限り、職人が持てるはずがない。

【アイテム強化】のSもいない。どうしても他のスキルを優先するため、こんな大きな街でもAすら数人しかいないらしい。

以前、村のトムおじさんが言っていたことを思い出す。

『ドワーフは0から10を作るのを夢見る種族。1のものを10にしようというのは邪道扱い』とかなんとか。

ドワーフに限らず、職人の理想は『0から10を作る』ことなんだろう。

というわけで結論。

アイテム強化は、専用スキルの特殊性と、職人気質の関係で、さほど重要視されていない。

それを専門としている俺は、さほど必要な人材ではないのだ。


俺はとぼとぼ通りを歩く。

別のお店に突撃する気力はなかった。他の作成系スキルを持たない俺は、おそらくどの職場でも門前払いされるだろう。

だったら、他のスキルを覚えてみるか？

さすがにステータスを偽装するのはダメだ。実作業でボロが出る。

スキルポイントは万単位で余っているから、ひとつだけなら一気にBくらいまで上げられるかも。

と、腰のポーチがぶるぶる震えた。

リィルからだな。

俺はささっと路地に身を滑らせ、人気のない端っこでポーチに手を突っこんだ。震えていたのは、『ギリカ』だ。

操作して、耳に当てる。

「リィルか。どうした？」

『わっ、本当に声が聞こえた。アリトお兄ちゃん、だよね？　うん、声はちょっと変だけど、間違いないよっ』

「そう興奮するな。周りには誰もいないよな？」

『うん、内緒にしろって言われたから、こっそりやってるよ』

うむ。傍目には『ギリカ』を耳に当てて独り言に熱中してるようにしか見えないもんな。それじゃあ変な人と認定されてしまう。

俺はほっとしつつ、用件を尋ねる。

『えっとね、お兄ちゃんの調子はどうかなって、気になって……』

妹に心配をかけてしまっていたか。そして、今のところ成果なしと伝えなければならない心苦しさ。

『元気出して、お兄ちゃん。きっと大丈夫だよっ。だって、こんなすごい発明ができるんだもんっ』

「いや、発明ではなく、強化なんだけどな……」

『よくわかんないけど、とにかくすごいんだよっ。こんなこと、お兄ちゃんにしかできないんでしょ？』

ぞわりと、背に冷たいものが走った。

べつに恐怖からではない。

俺は今、離れた場所にいるリィルと会話している。

昼食中、すっかり打ち解けたリィルとセイラさんが話に夢中になっている間、暇なので『ギリカ』を強化して遊んでいたのだが。

ロックを解除し、空いたスロットに【火】と【風】と【混沌】をフルチャージさせたら、『通話』という特殊効果が付与されたのだ。

決済用の中央システムを経由しての双方向通信がどうとかこうとか小難しい説明はよくわからなかったが、とにかく、こうしてどこにいるかわかりもしないリィルと直接話ができている。

これは、俺にしかできないことだ。

【アイテム強化】は最高のランクS。【解析】に加え、【強化図鑑】という稀有なスキルも持っている。さらに属性も【混沌】含めて全種コンプリート。

そうだ、そうだよっ。

俺はしょっぱいながらも『銅の剣』から『魔剣』を作った男。

ステータスを偽装できるお札とか、強力な呪いを解除する薬まで。

アイテム強化だからできたこと。

俺だからできたこと。

アイテム強化でしか――俺にしかできないことっ！

逆に考えろ。

みんながアイテム強化を重要視してないなら、競合相手がいないってことだ。

やれる。やれるぞっ。

「ありがとうリィル！　俺、決めたよっ」

ほえ？　と首をかしげる様が想像できる声を受け取り、俺は高らかに宣言した。

「就職はやめだ。俺、自分で店を開くっ！」

★

俺は城の主になる。

そう決めた翌朝、住まいを探す約束があったので、俺たちは『モンテニオ銀行』の本店へとやってきた。

サマンサさんは栗色の髪を昨日よりもやや上側で縛った出で立ちで、俺とリィル、セイラさんを迎えてくれた。

が、俺はまず彼女に謝らなければならない。

昨日は就職を前提に希望する物件を伝えていたため、せっかく彼女が選んでくれた物件リストが無駄になってしまったからだ。

「お気になさらないでください。お客様のニーズに柔軟にお応えするのが我がモンテニオ銀行のモットーですからっ」

ただ、今から改めて条件に合った物件をリストアップするのは時間がもったいない。

ということで、店を構えたい地域の不動産屋さんに直接赴くことになった。

目指すは昨日、俺が就職を断念した街の北ブロック。

強い冒険者たちが集まる区画だ。

銀行が用意してくれた小さな箱馬車に乗りこむ俺たち。

至れり尽くせりである。

リィルの相手はセイラさんがしてくれて、俺は隣に座ったサマンサさんと細かな話をしていた。

「ところで、アリト様」

話がひと段落したところで、サマンサさんが俺に顔を寄せて小声になり、わりと今さらな質問をしてきた。

「セイラ様とは、どういったご関係なのですか？」

「昨日、ひょんなことから知り合いまして。いろいろ話しているうちに、リィルがえらく懐いちゃって『一緒に住もう』という流れになったんですよ」

「どういう流れでそうなったかはさっぱりわかりませんが、どういった方かご存じなのですか？」

「……いえ。黒い『ギリカ』を持ってたから、やんごとなき人かも？　とは感じていますけど」

サマンサさんはむむむっと難しい顔をする。

「サマンサさんは知ってるんですか？」

「お客様の情報は漏らせませんっ――といちおう言っておきますけど、実のところわたくしどももさっぱりわからなくて……。数日前にふらりと訪れて、大量の金貨をお預けになったのです。正直、何かしら法に触れる行為で手に入れたものではないかと、行内でも審議しまして」

「あの人、いい人ですよ」

「ええ、それはもう。問題がなかったからカードを発行しました。だからこそ不思議なのです。王国内の貴族に名を連ねる方の、どなたにも該当しそうな人物はいらっしゃいません。外国からいらした方なのでしょうか？」

「そういった話は、まったくしてないですね」

「なのに一緒に住もうなんて、ちょっと無警戒すぎませんか？」

毒舌ぎみの指摘に、サマンサさんはすぐさま「し、失礼しましたっ」と平謝り。

俺は正論に言い返せないので苦笑い。

そうこうするうち、街の北門が見えるところに馬車は到着した。


広い道路にはいくつもの露店が並び、道路沿いの大型店には冒険者風の人たちで賑わっていた。

いきなり大通りに店を構えるつもりはない。

横道を入り、商店街を進んだ先にある不動産屋さんへ俺たちは足を運んだ。

条件を伝え、いくつか物件を見させてもらったのだけど、

「た、高いなあ……」

路地の奥にひっそり建つ小さな店舗付き物件の、月の家賃が百万ギリー。

半年経たずに貯金が吹っ飛ぶやんけ。

俺のつぶやきに、セイラさんがちらちらと目線を投げてきた。

『わたくし、まったくもって余裕ですことよ?』などと言いたげだ。

たしかに彼女の財力ならば、はした金に映るかもしれない。

しかし、である。

朝、銀行に赴く前に、セイラさんとはひとつの約束をしていた。

俺たちの関係はあくまで平等。

生活費は今後ご相談だが、家賃は店舗分を除いて三等分。生活スペースと店舗を半々と考えれば、セイラさんの負担は六分の一が妥当なところだ。

「これより安いとこは、ちょっとこの辺りじゃ難しいなあ」

不動産屋のおじさんがおでこをぺちりと叩く。

門の近くは冒険者の往来でもっとも賑わう場所。大型店がひしめき、繁華街も近い。特に北ブロックは高難度のダンジョンに挑む屈強な冒険者が拠点としているので、お金持ちだらけだ。

だから当然、土地代や家賃も高くなる。

人が多く集まる街の中心地と、そう変わらないらしい。

俺たちはすごすごと店を出て、門から離れるように移動した。


何軒か、不動産屋を回ってから。

門は遥か遠くに姿を消し、大通りの中ほどから中心街寄りの不動産屋さんに立ち寄った。小ぢんまりした店だ。

この辺りは他の店舗もせいぜいが中規模店で、あとは生活する人たち向けの小さなお店が立ち並んでいる。

閑散、とまではいかないが、わりと静かな雰囲気だ。

物件情報とにらめっこしながら、うんうん唸る俺。この辺りでもやっぱり予算オーバーだ。

たまらずといった様子でサマンサさんが声をかけてきた。

「南ブロックへ行ってみますか？　もしくは、東側はもっと割安ですよ？」

うーん。東ブロックは冒険者が一番寄ってこない区画なんだよなあ。なら、やっぱり南で駆け出し冒険者を相手に小金を稼いだほうがいいだろうか？

俺が頭を悩ませていると。

「あったあった、これだよ。おい、兄ちゃん、これなんかどうだ？」

不動産屋の若旦那（でもおでこがちょっと広い）が奥から出てきた。

さっき俺に『なんの店を開くんだ？』と尋ね、俺が『アイテム強化ショップです』と答えたら、何かを思い出したように奥へ引っこんでしまったのだ。

「ちょいと変わり種の物件なんだが、家賃は手ごろだし、立地も店舗もそう悪くない」

物件情報が載った紙面をテーブルに置く。

俺たちはそれを覗きこんだ。

三階建ての、一階部分に二つの店舗が併設された物件だ。片側はオーナーが店を開いていて、壁で仕切られた隣の別店舗は、空き状態になっていた。

上の二階は住居スペース。二階部分をリビングとダイニングで広々使い、三階には三部屋。屋根裏に物置スペースもある。

「いいですね、これ」と俺。

「三人で三部屋ならぴったりですね」とセイラさん。

「リィルはお兄ちゃんと一緒でいいよ？」とぶれないリィル。

「でも、どの辺が『変わり種』なんですか？　入居条件が厳しいとか？」

「まあ、厳しいっちゃ厳しいんだがな。ほら、その一番下に書いてあるだろ？」

紙っぺらの下のほうに目をやる。

ん？　と俺は疑念たっぷりに読み返した。

そこには、こう書いてある。

『アイテム強化を専門に扱う店以外はお断り』

これはもう、運命を感じるほかないですね。

期待に目を輝かせる俺たちの中で、唯一セイラさんだけが微妙な顔をしていたのはなぜだろう？

まあ、それはそれとして——。

やってきました、変わり種物件。

石造りの年季の入った建物だ。けっして広くない道に面しているが、大通りと別の通りを結ぶため、人通りはそこそこあった。

オーナーさんは一階の片側でお店を開いているらしい。しかもこのオーナーさん、数日前にこの建物を現金で一括購入し、例の奇妙な条件を付けて隣の入居者を待っているそうな。

なぜアイテム強化を専門に扱うお店以外はお断りなのか。それはわからない。

でも、俺が条件に合致するのだから幸運と思っていればいいや。

お店の前に立つ。

外側には商品がディスプレイされているわけでもなく、ドアに『営業中』の札がかかっているだけで、なんのお店かすらよくわからない。不動産屋さんの話では、オーナーさんは『錬金術師』と名乗っていたそうだが。

「お邪魔します……」

恐る恐るドアを開け、中に入ると。

「ほう？これまた珍しい客が来たものだ」

カウンターの向こう。ロッキングチェアに体を預けた、気だるげな美女が俺たちを迎えた。

灰色の髪をまとめ上げた、妖艶な美女だ。体のラインがわかるぴっちりしたロングドレス。胸がこぼれ落ちんほどだ。

俺はドキドキしながら尋ねる。

「あの、貴女が、クオリスさんですか？　この建物のオーナーの」

「うむ。我がクオリスで間違いない」

クオリスさんはにっこり微笑んで立ち上がる。

遠くにいるのに俺は仰け反りつつ、用件を伝えた。

「実は、隣でお店を開きたくて、ですね……」

クオリスさんはカウンターをひらりと飛び越え、俺に寄ってくると、

「うむ。数年は待つつもりであったが、存外に早かったな。構わぬぞ。隣の店舗はそなたに貸そう。上の住居も必要であるな？」

「え、ぁ、はい……」

なぜだろう？　このお姉さんに見つめられていると、体の芯が熱くなるような……。

クオリスさんが片手を差し出す。

俺は手汗を服で拭いてから、恐る恐る握った。柔らかい……。

「お隣同士、末永く仲よくしようではないか」

「あ、はい。よろしくお願いします」

こうして、俺は拠点を手に入れたわけだが。

「はあ……」

セイラさんが背後でため息を吐きだしたのはなぜだろう？　と思う俺でした――。

★

新居が決まった翌日。引っ越しの準備で大忙しの俺たち。

といっても、実家から運びこむものはなく、リィルは必要なものをセイラさんと一緒に買いに出かけた。

で、俺はといえば、隣に住む大家さんであるクオリスさんに呼びつけられていた。

カウンターの向こうでロッキングチェアに揺られる美女に声をかける。

「こんにちは。アリトです。なんのご用でしょうか？」

「うむ。ビジネスの話である」

クオリスさんはゆらゆら揺れながら俺に問う。

「ここがなんの店か、わかるか？」

「いえ、さっぱり」と俺は正直に答える。棚とかはあるけど何も陳列されていなくて、お店かどうかも疑わしいのだから仕方がない。

「我は錬金術師だ。ゆえにここは錬金ショップである。主に魔法薬を扱っている」

「はあ、そうですか」

とても営業しているようには見えないが、店主がそう言うのだから信じるほかない。

「だがな、我が作成し得る魔法薬は、安物ばかり。錬金術師を名乗ってはいるが、初心者に毛が生えた程度であるからな。数はこなせるのだが、利益が雀の涙ほどしかない」

そう言う彼女のステータスをちょいと拝見。


【属性】

火、風

HP：450／450（450）
MP：650／650（650）
体力：D
筋力：D
知力：A
魔力：A
俊敏：D
精神：C

SP：1,000

【スキル】
錬金：C
合成：C
鑑定：E
火魔法：D
風魔法：D

たしかに【錬金】や【合成】スキルのランクはそう高くはなかった。

ちなみに【合成】は素材を組み合わせて何かしら効果のあるアイテムを作るスキルで、【錬金】はそのための素材を作るためのスキルだ。

錬金術師はこの二つをバランス良く上げないといけないので、わりと大変なのだ。

加えて【鑑定】は、相性がよくても大量のスキルポイントと、他にも何か条件が必要だったはず。お気軽には手に入れられないだけに、苦労したんだろうなあ。

ランクが覚えたてのEなら人を鑑定することはできないし、俺はステータスを偽装できるから気にはならなかった。

それにしてもこの人、ステータス値のバランスが変だな。知力と魔力に特化している。

だからなのか、属性に合った魔法も覚えちゃっていて、けっきょくどっちつかずになっている印象。

あれ？　でも……。

また、俺は不思議な感覚に襲われた。セイラさんのときのように、ステータスにうっすら靄がかかっているような……。

「なにをじろじろ見ておるのだ？」

ハッとした。

ニヤニヤするクオリスさんは腕を組み、これみよがしに大きくこぼれ落ちそうな胸を持ち上げる。

また俺、胸をじろじろ見ているように思われたのか。

「す、すみません。ぼーっとしてて」

俺はごまかすように話を戻す。彼女の意図はだいたい見えてきた。

「つまり、クオリスさんが作った魔法薬を俺が強化して、高く売りたいと？」

「うむ。理解が早くて助かる」

なるほど。だからお隣にアイテム強化ショップが欲しかったのか。

でも、妙だな。

昨日の話しぶりからは、何年でもふさわしい人物が店舗を借りに来るのを待つつもりだったみたいだし、何より、

「俺の実力を確認もせずに、どうして店舗を貸してくれたんですか？」

クオリスさんは動きを止め、ふっと薄く笑うと、

「そなたが信頼に値するかどうかなど、目を見ればわかるっ」

うん、絶対に信じちゃダメなやつだ。

「ふむ。信じておらぬようだな。わかるぞ。まあ、専門の店を開こうというくらいだから、そこそこのスキルランクであろうと踏んでいた」

それに、とクオリスさんは悪戯っぽく笑う。

「セイラが認めたそなたならば、問題なかろう」

どうやらこの人とセイラさん、お友だちのようなのだ。昨日は二人してこそこそ話していたし。

「まあ、我は道楽でこの店を開いておる。気が乗らなければ何もするつもりはないのでな。というわけで、さっそくそなたの実力を計らせてもらおう」

『というわけで』の前後がまったく繋がっていないが、ツッコむのはやめておく。

クオリスさんはのんびり立ちあがると、カウンターの下をごそごそして小さなポーチを取り出した。腰に引っかけるタイプのポーチだ。

その中から、ガラス瓶を取り出す。ひとつ、ふたつ、三つ、四つ……って、明らかにポーチの容量を超えてますよねっ⁉

瓶が三つくらいしか入らない感じなのに、十本出てきたぞ？

【名称】

大容量ポーチ

【属性】
混沌
S1：◇◇◇◇◇
S2：◇◇◇◇◇
S3：◇◇◇◇◇
S4：◇◇◇◇◇
S5：◇◇◇◇◇

HP：150／150
性能：C－
強度：D－
魔効：B

【特殊】

収納＋

おおーっ。

このポーチ、『収納＋』という特殊効果で十倍の量を収められるのか。

巨大な口でなんでも吸いこむ『ビッグマウスワーム』という魔物の、ドロップアイテムを素材にして作られたらしい。

素材自体が【混沌】属性を持っていて超稀少なものだから、このアイテムもかなりのレアもの。

ウン十万ギリーもするのか。スロットも五つあって夢が広がる。どこかに売ってないかな？

さておき、出てきたガラス瓶の中身はただの回復薬だ。末端価格で二千ギリー程度。HPを

50回復させる効果がある。

「これを強化して、高値で売れるものにしてほしい」

俺はカウンターに並べられた小瓶をじっと見る。

スロットは二つ。

性能を上げるには【火】を付与するのがセオリーだけど、回復系のアイテムは基本【水】属性。【火】とは相克関係にあり、相性が悪い。

で、回復効果を直接上げる【水】を重ねれば、当然のように上位の大回復薬になる。

これはHPを250回復させるもので、価格もだいたい回復薬の五倍（よりちょい低いくらい）。

俺がさくっと強化したものを手渡すと、クオリスさんが【鑑定】する。

「ふむ。よくできておるな。『大回復薬』か。そなた、相当【アイテム強化】のスキルランクが高いようだのう」

ちょっとどきりとしたが、俺は慌てない。

実は俺、ステータスを偽装しているけど、前とは方針を変えていたのだ。

就職を考えていたときは、ほぼすべてを内緒にしようと考えていた。

が、店を開くとなれば、店主が見習いレベルではお客さんはやってこない。だから熟練っぽい雰囲気を出そうかと。

　さすがに【混沌】とか【解析】とか【強化図鑑】はちょっと説明があれなので、ステータス上は隠している。でもそれ以外は元の表示に戻していた。

　積極的に宣伝しようとは思わないけど、バレてもいいかな、と考えているのだ。

「次はこちらを」

　俺は小瓶をひとつ手に取り、別の強化を施した。【水】に加え、【闇】を付与したもの。

　効果は反転し、『強毒薬』になった。

「さらにさらに」

　俺は【混沌】をぶちこみたい衝動を抑え、【水】と【聖】で強化した。『強解毒薬』に大変身。

　毒薬を人に使えば犯罪だけど、いろんな魔物に効果があるので需要は高い。

　解毒は言わずもがな。魔力をなるべく温存したい冒険においては必須アイテムだ。

　どちらも『大回復薬』より高く売れる。

「うむ。素晴らしい。手際のよさといい、出来栄えといい、な」

　クオリスさん、満面の笑みである。

　とても気分がよくなった俺、だったのだが。

「しかし、不思議であるな。アイテム強化とはもっとこう、眉間にしわを寄せて集中し、じっくりと時間をかけてやるものではなかったか？　いや、我も詳しくは知らぬのだがな」

　そういえば、と俺は村にいたころを思い出す。

村で唯一【アイテム強化】スキルを持っていたトムおじさん。彼は農具を強化するとき、やたらとうなったり苦しそうにしたりしていたっけ。

何やってんだろう？　と俺はその横でさくさくっと強化の練習をしていたのだ。

【解析】スキルを持つ俺は、【鑑定】でも知り得ない強化スロットも把握し、【解析】のステータス画面上でちょちょいと操作して終わりなわけだ。

……あまり、人前ではやらないほうがよさげだね。

「えっと、集中したいので、残りは持って帰ってもいいですか？」

「うむ、構わぬ。このポーチには残り二十個。そして――」

クオリスさんはカウンターの下からもうひとつ、『大容量ポーチ』を取り出した。

「こちらにも三十個の回復薬が入っておる。そのすべてを『強解毒薬』に強化してもらえるか？」

全部で六十個か。楽勝だな。

「報酬は利益の八割をそなたに渡そう。それで構わぬか？」

「えっ、そんなに……？」

「むしろこれでも少ないほうだ。ゆえに、今回は初回特典として、この『大容量ポーチ』もひとつオマケしておこう」

「えっ!?　いいんですか？　けっこう高いアイテムなのに……」

「構わぬよ。もし強化して性能が上がるようなら、我のものも頼みたい」

と、いうわけで。

俺はさっそく（備え付けの家具しかない）自分の部屋に戻り、さくっと回復薬の強化を終えると、『大容量ポーチ』の強化をいろいろ試してみた。

『強解毒薬』はその日のうちにクオリスさんに納め、三日ほどあーだこーだ試行錯誤した結果。

【名称】

異次元ポーチ

【属性】

混沌

Ｓ１：◆◆◆◆◆（火）

Ｓ２：◆◆◆◆◆（闇）

Ｓ３：◆◆◆◆◆（混沌）

Ｓ４：◆◆◆◆◆（混沌）

Ｓ５：◆◆◆◆◆（混沌）

ＨＰ：150/150

性能：Ａ－

強度：Ｄ－

魔効：Ａ

【特殊】

特大収納＋＋＋

見た目容量の三百倍まで収納できるトンデモアイテムができてしまいました——。

四話

職人、危険度Sの魔物に挑む

新居を決めて一週間が経った。

アイテム強化ショップの開業届を組合に提出し、店も開いてはいたが、今のところお店にやってきたお客さんはゼロだ。

立地が悪い、ということはない。

ここは大通りから横道に入り、別の大きな通りへ抜ける途中にあるので、人通りはそこそこあった。商業区の中心から離れていても、乗合馬車を使えば門近くや中心部からの便利も悪くない。

誰も訪れないのは、知名度のなさとアイテム強化の専門ショップが一般的ではないがゆえか。

ほぼほぼ思いつきで始めたショップ経営はわからないことだらけ。

隣に住む大家さん兼錬金ショップのオーナーであるクオリスさんに、帳簿のつけ方なんて初歩の初歩からいろいろ教えてもらいながら、四苦八苦する毎日だった。

とはいえ、俺はこの一週間で百万ギリーほどの収入を得ていた。

お隣の錬金ショップに依頼を受け、強化した商品が売れたからだ。その意味ではお客さんはゼロではないのだけど、クオリスさんは俺を呼びつけるだけなので、『やってきたお客さん』はやっぱりゼロだった。

さておき、一週間で百万ギリーを稼いだのは、ぶっちゃけ開業したてにしては好調すぎる。

しかし、いつまでもお隣に頼りっぱなしというわけにはいかない。クオリスさんは気が乗らないとアイテムを作らない人らしいので、すでに直近のお仕事はなくなっている。

きちんと経営方針を定め、どうにか軌道に乗せなければ。

アイテム強化ショップで収入を得る方法は、大きく分けて二つある。

ひとつは持ちこみ品の強化。

お客様が持ってきた武具やアイテムを強化し、報酬を得る。

もうひとつは自分で調達した武具やアイテムを強化し、それを高値で売って差益を得る。

ある意味、ふつうのアイテムショップと同じ方法で商品を売ることになる。店に商品を陳列して、訪問したお客さんに買ってもらう。あるいは卸業者や直接大店に商品を売りつける方法だな。

俺は前者——持ちこみ品の強化しかイメージしていなかったが、クオリスさんによると、調達品を強化して販売するほうをメインにすべきとのこと。

いつやってくるかわからない持ちこみ品より、計画的に収入が確保できるからだ。

経営とは奥が深いものだな。

てか、俺が素人すぎるな……。

まあ実際のところ、クオリスさんの依頼は『持ちこみ強化』に該当するんだよね。依頼を受けて、強化に対する報酬を受け取っていたので。強化した商品を売っていたのはクオリスさんだ。

でも形態としては『調達品強化』に近い。

要するに、クオリスさんがやっていたのをマネすればよいのだ。

そんなわけで、『調達品強化』をメインとしつつ、お店にやってきたお客さんから『持ちこみ強化』を適宜やっていく、という方針にしました。

『調達品強化』で実績を積み上げ、名前が売れてくれば、持ちこみに来るお客さんも増えるだろう。


さて、大きな方針は決まったのだが、武具やアイテムを調達する方法というのも三つあった。


他のお店や卸業者から買い付ける方法。

魔物のドロップアイテムを手に入れる方法。

これらの組み合わせ的な方法として、冒険者にドロップアイテム集めを依頼する方法だ。


俺のように貧弱な男は迷わず一番目か三番目の方法を取るべきだろう。

が、大事なことを忘れてはいけない。

俺は、いずれ冒険者として大成するのが人生の目標。ここ大事。

自分でアイテムを集め、それを強化して他店にはない商品を売り捌いて大儲けっ。

成長性が著しく低い俺でも、数をこなせばステータスが上がっていくだろうし、オモシロアイテムの強化や解除をやりまくればスキルポイントもちょっと貯まっていく。

ふふふ、一石で三羽の鳥を仕留められるじゃないかっ。

やはり、自ら魔物を倒してアイテムをゲットする方針で行くべきだな！

てなわけで、俺はまず装備を整えようと思う。

市販の安いやつを買って、俺用に強化するのだ。それなら弱い魔物くらい、俺でもどうってことなくなるはず。

なにせ俺は、魔剣で危険度Bの魔物を倒した男だからなっ。

いい気になった俺は、勢いよく外へ飛び出した。でもきちんと入り口に鍵をかける。盗られるものなんてないけど、いちおうね。

ちなみに同居人はみなお出かけ中だ。

リィルは入学試験に向け、予備校に通っているので夕方まで帰ってこない。

セイラさんは冒険に出かけたらしく、数日は戻ってこないそうだ。誰とパーティーを組んだのか気になるところ。『古い知り合いです』との若者らしからぬ発言がよくない妄想を掻き立てる。

邪念を振り払うように大通りへ出て、乗合馬車に飛び乗った。目指すは、初心者向けのお手頃品が豊富な南ブロックだっ。

強者どもが集まる北ブロックと同様に、南ブロックにも独特の緊張感が漂っている。

経験豊富で多少は余裕を感じられる北に対し、こちらは初々しい緊張とともに、輝かしい未来を期待するキラキラした雰囲気にもあふれていた。

なんか眩しいな。

俺は大きな総合店に突撃する。

そこは奇しくも、俺が唯一就職活動をした『ドローアス商会』の、南ブロック支店だった。

さすがに品ぞろえは豊富だ。

さっそく『銅の剣』を見つけた。【火】の強化が施され、性能がすこし上がっている。でも、『炎斬り』が付与されるほどには強化されていない。

二つある強化スロットは、
S1：◆◆◆◇◇（火）

S2：◆◆◇◇◇（火）

こんな感じに中途半端。

スロット2にもうひとつ分チャージしていれば、【火】の合わせ技で『炎の銅剣』に進化しているのに（と、【強化図鑑】に書いてあった）。

俺ならスロットひとつを埋めて『炎の銅剣』にできるぜふふふ、と不敵な笑みを浮かべながらも、たぶん進化したような強力な武器は北ブロックの店に回ってるんだろうなあとか現実を見据えつつ、1階のフロアを物色する。
とある商品の前で立ち止まった。
『目玉商品が超お買い得っ！』と札に書いてある。
全身鎧だった。『鋼のプレートアーマー』とある。兜も頭部がすっぽり隠れるタイプで、全身を守る鎧だ。
お値段は六十万ギリー。鋼鉄製で厚みはそうでもないがHPがそこそこあり、防御性能も初心者には十分すぎるもので、このお値段は確かに安い。
が、つらつらとそんな自慢話が書かれた商品説明の最後に、小さく『訳あり品』と書かれているのを見逃してはならなかった。
訳ありの理由は書かれていないけど、【解析】スキルで見れば一発でわかった。
三つある強化スロットが、
S1：◆◇◇◇◇（土）
S2：◆◆◇◇◇（土）
S3：◆◇◇◇◇（土）
こんな感じになっていたのだ。
俺はこの一週間ほど、図書館へ行ったりして【アイテム強化】の仕組みを調べていた。

いきなりスキルランクがSになり、どのランクで何ができてできないのか、いまいちよくわかってなかったからだ。もちろん【解析】でも調べて、一般の理解度合との突き合わせもした。で、調べてわかったこと。

一度属性を付与したスロットは、ランクSでなければ解除できない。

また、属性を一度でも付与して強化完了扱いになってしまうと、同じ属性でも重ね掛けはできない。（これは村にいたときに試して知っていた）

【アイテム強化】スキルや【鑑定】だけではスロットの詳細がつかめず、チャージ状況も知り得ない。経験や勘に頼らざるを得ず、スロット1を強化している途中で知らず別のスロットを強化してしまう場合があるらしい。（集中力や注意力の問題でもあるけどどね）

というわけで、この商品のように中途半端な強化でスロットを無駄に使い、どうしようもなくなることがあるのだ。

ふむ、と俺は顎に手を添えて考える。

こういう訳あり品を安く仕入れ、強化し直して名称が変わるほどグレードアップさせたものを売れば、かなりの儲けになるのではないか？

ただし、と。

方針自体はよいとして、この商品にもう一度目を向ける。

全身鎧ってたぶん、オーダーメイドだよね？　作ったはいいけど顧客が望む強化ができなかったから、受注契約がご破算になったのだろう。

見たところ、全身鎧をオーダーするには小柄な感じだ。俺といい勝負。こういうのを着る人って、ごっつい壁役タイプだもんなあ。

俺が引き取って強化し直しても、売れ残る可能性が高かった。実際、ここでも売れないから安売りしてるんだろうし。

「ん？　体格が俺といい勝負……？」

そういや俺、ここへ何しに来たんだっけ？

商売思考に陥っていたが、俺用にカスタマイズすればいいんじゃね？

俺は素のＨＰが低いから、全身を守る鎧は相性がいいと思う。

うーん、でもなあ。

デザインは起伏に乏しくのっぺりしていて好きじゃない。光沢のない鈍色もいただけないな。

全体的に派手さも威厳もなく、振りきった感が欲しいところ。

ま、この際、その辺は目をつむろう。

とりあえず店員さんに声をかけ、試着させてもらうことにした。

貧相な俺を眺めて怪訝な顔をしたものの、店員さんは鎧の装着を手伝ってくれる。

「おおっ。測ったようにぴったりだ！」

しかし、である。

「重っ！」

俺の貧弱な筋力と体力では、数メートル歩いただけで力尽きてしまう。

「あの、やはりこちらの商品はお客さまには少々無理が――」

「買います」

「えっ」

「買います」

驚く店員さんをよそに、俺は全身鎧の中でほくそ笑む。

【強化図鑑】を紐解いてみれば、スロット三つのこの鎧でも、使いようはあると知った。

とりあえず【風】属性で軽くなるのが知れたのは大きい。あとは帰って【混沌】をぶちこみ、いろいろ試してみればいいな。

他にも『鋼の剣』を購入。こちらは未強化で十二万ギリー。やっぱり重い。剣を振ったら逆に振り回されてしまった。でも、強化すればどうにかなるなる。

とはいえ、軽くなっても片手で扱うには苦労しそう。どうせなら盾も欲しかったが、今日はこのくらいで済ませておこう。

『ギリカ』で支払いを済ませ、木の箱に商品を詰めてもらって背負った。むちゃくちゃ重いが、俺は苦労して店の外に出て、人通りの少ない裏手に回る。

荷物を一度背中から下ろし、ひと息ついた。

通行人の注意が俺に向いていない隙を見逃さず、腰のポーチに木箱をあてがうと。

にゅるりん。

気持ち悪いくらいあっさりポーチの中に吸いこまれていった。

さすが『異次元ポーチ』。このくらいでもまだ余裕があるぜ。

身軽になった俺は、乗合馬車で家路に着くのだった――。


で、我が家へ向けて歩いていると、店の前に女の人を発見。

軽装にマントという出で立ちは、ぱっと見、冒険者に見えなくもない。

もしかして、お客様ですか？

俺はうきうきしながら近づいていった。声をかけようとして、女性がこちらを向く。二十代後半くらいで、ゆるふわウェーブの赤髪が艶やかな美人だった。

美人さんは俺を見てハッとした顔つきになると、みるみる喜色に染まっていき――。

「ああっ、アリト！　探したよっ！」

「へ？　ぶわっ!?」

いきなり抱き着いてきましたがっ!?

豊満な胸を顔に押しつけられ、息ができない。

「ようやく会えたねえ。よかった。本当に嬉しいよ」

え？　いや、誰？　俺を知ってる風だけど、俺は知らないぞ？

とりあえず窒息しそうなのでバタバタ暴れてみた。

「ああ、ごめんよ。苦しかったかい？」

俺を拘束していた腕が緩み、ぷはっと息をつく俺。目の前には整った美女の笑み。目にうっすら涙を浮かべていた。

「あの、貴女は……？」

「ふふ、知らないのも当然さね。つい最近会ってはいるけど、この姿では初めてだものねえ」

最近、会ってる？　この姿では、初めて…………って、まさかっ。

「マレーナさん、ですか……？」

俺の問いに、心底嬉しそうに笑った美女は、

「ああ、そうさ。あんたに呪いを解いてもらって、命を救われた女さ」

もう一度、俺をぎゅっと抱きしめた——。

★

俺を訪ねてきたのは、先日助けた町長の娘さん、マレーナさんだった。

そのときは『膨張の呪い』でぶくぶくに太っていたのだけど、まさかこんなスタイルのいい美人さんだったとは。

俺はマレーナさんを店に案内し、奥へ引っこんだ。店の奥は作業スペースになっていて、『異次元ポーチ』から荷物を取り出し、床に置く。階段を上がってキッチンへ向かい、簡単にお茶を用意して戻ってきた。

カウンターの側に置いたテーブル席で向かい合う。

「すっかりよくなったみたいですね」

「ああ。あんたには感謝の言葉をいくら並べても足りないよ。本当に、ありがとうね」

マレーナさんは深々と頭を下げた。

「よしてくださいよ。俺も町長さんからたくさんお礼をもらいましたし」

「命は金に換えられないさ。でもま、あまりしつこくしても逆に迷惑をかけちまうね。ただ、あんたが困ったときはいつでも言っとくれ。なんだってするつもりさ」

マレーナさんは大きな胸をどんっとたたく。ぼよんと揺れた。

「な、なんでも……」

知らずゴクリと喉を鳴らす俺。

マレーナさんはキョトンとして、

「なんだい、あんた？　こんなおばさんに興味があんのかい？　そっちの手ほどきもできなくはないけどさ」

「いえいえいえいえっ、滅相もない……。ていうか、マレーナさんは『おばさん』って感じじゃないですよ」

慌てふためきつつフォローしてごまかす俺。まあ実際、この人ってまだ二十八歳なんだよね。六十代の父親がいるにしては若いと思う。

「なに言ってんだい。あんたって見たところ十五、六だろ？　三十路手前のあたしなんて、あんたから見りゃ十分『おばさん』だよ」

カラカラ笑うマレーナさんは、実にさっぱりした人だった。

その後、俺の素性やら将来設計やらを質問しまくられてから、マレーナさんが腕を組んで言った。

「にしても、不思議だねえ。薄ぼんやりとしか覚えちゃいないけど、あのときあたしに解呪用の秘薬を飲ませたんだろう？　こう言っちゃ悪いけど、高位の呪いを解けるアイテムを持つような子には見えないよ、あんた」

「道中、はぐれの高ランクモンスターを偶然倒しまして。たまたま虹色のドロップアイテムを手に入れたんですよ」

「それこそ不思議ってもんさ。高ランクの魔物をあんたが倒せるのかねえ。ああ、ごめんよ。命の恩人に口が悪かったね」

「いいえ、気にしないでください。一緒にいた妹がけっこう強かったですし、偶然が重なりまして」

この話題は墓穴を掘りそうなので、俺は前から気になっていたことを訊いてみた。

「そういえば、どうしてマレーナさんは『膨張の呪い』を受けたんですか？」

高位の呪いはそれ自体が稀少だ。この大都市にだってあれほどの呪いをかけるアイテムは売られていないはず。

緩みきっていたマレーナさんの表情が引き締まる。

「どこから話したもんかねえ……。まずはあたしが何の仕事をしてるか、だけど――」

俺は彼女のステータスからなんとなく予想し、次の言葉で正しいとわかった。

「あたし、冒険者をやっててね」

ステータスからはBランクの中ほど、といったところか。敏捷が高く、【鍵開け】や【探索】のスキルを持っているところからして、シーフ系の冒険者だろう。

「ちょっと前に、とある古砦の調査を請け負ったのさ」

街から北へずっと行った森の中にある、今は使われていない小さな砦らしい。

ずいぶん昔からあるので、調査はし尽くされている。魔物は一掃され、小規模な結界魔法も施され、ときおり冒険者が休息に使う場所になっていた。

ところが最近になって、その砦に変化が起こった。

「アリトは『ギルラム洞窟』って聞いたことがあるかい？」

ちょっと前に突如として現れた、新たなダンジョンだったかな？

俺はうなずく。

「古砦はそこからちょいと離れてはいるんだけどさ。ギルラム洞窟が出現した影響なのか、高ランクの魔物が住み着いたらしいんだよ」

重要な場所ではないものの、新ダンジョンと何かしら関わりがあるなら、新ダンジョンの攻略を有利に進められる手がかりがつかめるかもしれない。

マレーナさんはAランク冒険者のパーティーに加わり、古砦へ調査に向かった。

そこに、何かとてつもなく危険な魔物がいたらしい。

『らしい』というのは、マレーナさんは直接見ていないからだ。

「黒い霧だった。それに襲われたんだ。あたしは探索役で足手まといにしかならなかったから、一番に逃がされたよ」

砦から命からがら脱出したマレーナさんはしかし、おそらくはその黒い霧を浴びて呪いを受けたのだ。

幸運にも近くにいた他の冒険者パーティーに拾われ、実家まで送ってもらえたそうだが、彼女は皆の危険性を伝えることしかできず、床に伏せる。

一緒に行ったAランク冒険者たちの消息はいまだに知れないらしい。

冒険は死と隣り合わせ。彼らも覚悟のうえだったろう。

でも、やっぱり一時でも仲間になった人たちの話をするときは、マレーナさんも悔しさを眉間に集めていた。

「そこって、まだ放置されてるんですか？」

「あたしも気になってね。ここへ来る前に冒険者ギルドに寄ってみたんだけど――」

改めての調査依頼がギルドから発行され、挑戦する冒険者が現れたのだとか。

「最近この街に現れた新参だけど、相当な腕らしいよ。ただちょっと変わり者みたいでね。依頼は必ず単独で受けて、他のパーティーと交流がほとんどないから、謎が多いって話さ」

でも、とマレーナさんは続けた。

「呪いを操る厄介な相手だからかね？　今回ばかりは神官系の冒険者をパートナーに選んだらしいよ」

「神官系の、冒険者……？」

なんだろう？　背中がぞわぞわする。

「そっちも妙な冒険者らしくてねえ。冒険者登録をしたのが十日ほど前。登録上はBランクのくせに、やたら高そうな錫杖を持ってるって話さ。ろくな依頼をこなしちゃいないし、どこぞの貴族が道楽で始めたんだろうって噂だけど、そんなのをお供に連れてくかねえ？」

Bランク……やたら高そうな錫杖？

「？　どうしたんだい？　難しい顔をしてさ」

「え、いや……その神官系の冒険者の名前って、わかりますか？」

「ん？　あー、どうだったかねえ……？　依頼を受けた冒険者なら、有名人だからわかるんだけどね。『ダルク』って褐色肌の若い娘だよ」

知らない。俺はその人の名を、知らない。『褐色肌の若い娘』なんて、ここくらい大きな街なら今まで何人も道ですれ違っていただろう。

なのに、どうして、俺は得体のしれない引っ掛かりを覚えてしまっているのか？

俺の妙な雰囲気を感じ取ったのか、マレーナさんが立ち上がる。

「仕事中に長居して悪かったね。あたしはこれで失礼するよ。今度は、なんか強化してもらおうかねえ」

にかっと屈託のない笑みを投げ、「また来るよ」と手をひらひらさせて帰っていった。


マレーナさんを見送ってから、俺は奥の作業スペースへと飛びこんだ。

木箱を開き、中から『鋼のプレートアーマー』と『鋼の剣』を取り出す。

俺は以前、『銅の剣』を魔剣の名を冠するほどに進化させた。

でも、俺がそれを使ったところで、危険度Bのひとこぶオーガをどうにかこうにか倒せる程度。しかもオーガはリィルがけっこうHPを削ってくれていた。

セイラさんはランクB相当。彼女とパーティーを組んだ冒険者――ダルクさんだっけか、その人はもっと上のランクだろう。

仮にセイラさんが古砦に向かっていたとして、俺に何ができるっていうんだ。

信じて待つ。

それが、俺にできる最良の手だ。

なのに……なんだろう？　首の裏っかわ辺りがヒリヒリする。

俺は三度の転生を繰り返して今に至る。冒険者としての資質が著しく低く、前の三度の人生は本当にパッとしなかった。

でも、死と隣り合わせの冒険者稼業を続け、弱いなりに四十歳まで生き延びられたのは、危険に関して敏感なところがあったからだとの自負がある（ドラゴンの突進は天変地異レベルなので横におくとして）。

『膨張の呪い』は、神様や悪魔が扱うレベルの超強力な呪いだ。

セイラさんが持つ『聖竜の錫杖』。その特殊効果はかなり強力で、この呪いへの対処もできる。

足手まといがほぼ確定の俺が行ったって……。

思考の迷路をあっちこっち彷徨いながら、俺は『鋼のプレートアーマー』の強化を試していた。

これは、初心者に優しい街の南側でのんびり素材集めと経験値稼ぎをするつもりで買ったものだ。Aランク冒険者パーティーが手も足もでない場所に向かうには、力不足――。

俺はとある属性の組み合わせで強化した全身鎧を眺める。

「これなら、ちょっと様子を見に行くくらい……」

店を飛び出す。

隣の店に駆けこんだ。

「クオリスさん、お願いがありますっ」

いつもどおりロッキングチェアに揺られていたクオリスさんが、薄く笑った。

「所望の品はMP回復薬か？　それもひとつやふたつでは足りぬとみえる」

「……なんでわかったんですか？」

「そなたらが越してきてから気づいたのだがな。この建物の壁は、すこし薄いようだ。我は構わぬが、乳繰り合うときは同居人に配慮するようにな」

全力でツッコむのを我慢し、他にも必要なものを告げる俺。

「よかろう。我にとっては『強敵』と書いて『とも』と読む二人が窮地に陥っているかもしれぬのだ。助力は惜しまぬ」

不穏なことを言ったような気がするがそれよりも。

「あの、なぜカウンターを越えてこちらに？」

「我の準備は整っておる。そなたの準備ができ次第、出発するぞ」

「一緒においでになる？」

「安心せよ。多少なりとも魔法は使える。が、前衛はそなたに任せるゆえ、よく我を守るがよい」

「は、はあ……」

俺は自分の身を守るので精いっぱいなんだけど……。ま、この人って魔力はAランクだしな。なんだかんだで頼りになりそう。

「うむ。『守られる』役回りというのも悪くないシチュエーションであるな。しかし、真のヒロインは窮地を救われてこそ。配役を誤ったであろうか？」

何を不満そうにしているのかさっぱりだが、ひとまず俺は自分の店に戻り、全身鎧を身に付けるのだった――。

☆

森の中にたたずむ古砦。

内部には黒い霧が充満し、数メートル先も見えないありさまだ。

砦の中心。

大広間も例外ではなく、いっそう濃い霧が立ちこめていた。

しかしその中に、半球状に切り取られたかのような、霧の入りこめない安全地帯があった。

錫杖を床に突き立て、目を閉じて集中しているのはセイラ。三神竜の一翼にして、聖を司るセイント・ドラゴンの化身が展開する『聖域』によるものだ。

彼女の足元には、二人の男と一人の女が横たわっている。みな衣服は身に着けておらず、女にはセイラがマントを、男たちにはスカートを破って被せているため、セイラは太ももが露わになっていた。

三人の男女は今でこそ人の姿を保っているが、先ほどまでは巨大な肉の塊だった。

『膨張の呪い』を受け、この場で生気を徐々に吸い取られていたのだ。

おそらくは前回、この古砦を調査に訪れた冒険者たち。

姿は戻ったものの、瀕死であることに変わりはない。あと数時間でも遅れていたら、その生は潰えていただろう。

キィン、と。

半球状の安全地帯の外で甲高い音が鳴った。黒霧の隙間で火花が散り、続けざま霧を押し破って一人の少女が安全地帯の側に飛んできた。

褐色の肌をした少女。その手には身の丈ほどもある大剣が握られている。

ふっと息をつき、大剣を握り直すと、正面を睨み据えて叫んだ。

「あーもーっ！　おーなーかーすーいーたーっ！」

セイラが目を閉じたまま声をかけた。

「ダルクさん、もうすこしの辛抱です」

「つってもさー。その子らって死にかけよりヤバい状態だったっしょ？　いくらセイラちゃんでも、蘇生レベルの処置にはまだ時間がかかるんじゃね？」

「ぅ、すみません……。『聖域』の維持と並行ですから、どうしても集中できなくて……」

「あー、ゴメン。文句言ったわけじゃないからさ。てか、余裕ぶっこいてほとんど準備してこなかったアタシが一番悪いんだしね」

調査なんてすぐに終わると高を括っていた。

しかし到着したら要救助者が三人もいて、しかもこの黒霧を操る敵対者は――。

黒い霧が割れる。

飛び出してきたのは、漆黒の鎧だった。武器や盾は持っておらず、ダルクに殴りかかってくる。

「ったく、なんだってこんなとこにいるかなー？」

ダルクは大剣でこぶしを受けると、押し返しながら言葉を吐き出した。


「魔神、なんてのがさっ！」


漆黒の鎧が弾き飛ばされる。

ダルクはそのまま後を追いかけ、大剣を振り回して横っ腹に叩きつける。

ガシャンッ！　と大きな音を立て、黒い鎧がバラバラになった。

中には、誰もいない。

「って、本物の魔神だったら、さすがにヤバいよね」

あの鎧は、おそらく魔神の誰かが使用していたものだろう。使用者の影響を受け、長い時間をかけて『魔素』が蓄積し、自律行動するようになったのだ。

いわば魔神の残滓。

自然発生する魔物とは出生の異なる魔物だ。

だから魔神そのものを相手にするより、よっぽど楽ではある。

しかし、それはそれで鬱陶しい。

バラバラになった鎧が寄り集まり、瞬時に元の鎧へと戻った。この広間に入って何時間経ったのか、この繰り返しである。

「あー、マジうざい……」

魔神の鎧は【闇】属性。ダルクも同じであるため、決定打が与えられない。全力を出せば可能ではあるが、無理に破壊しようとすれば、古砦ごと壊しかねなかった。

相克する【聖】属性なら簡単に片付きそうなものだが、セイラは冒険者たちの治療に専念せざるを得ない。彼らを動かせないため、逃げるわけにもいかなかった。

ダルクもセイラも神竜の化身。

食事を取らずとも死にはしないが、人の姿になる以上、身体機能も似せなければ怪しまれる。そのため、食べなければお腹が空いてしまうのだ。

くぅ……。

腹の虫も元気が出ないのか、小さく鳴いた。早く街に戻って温かい食事にありつきたい。そうダルクが辟易と肩を落としたときだ。

どかんっ、と大広間の扉が蹴破られた。

鈍色の全身鎧に身を包んだ誰かが、見知った女性を抱っこして突入してきたのだ。

呆気にとられるダルクとセイラの耳に、

「うぉっ!?　こっちにもヤバそうなのがいるっ！」

なんとも不穏な叫びが届いたところで、すこしだけ時間をさかのぼる――。

★

全身鎧を着こんで、意気揚々と店を飛び出した俺。

クオリスさんと合流し、いざ呪いの古砦へ！　と意気込んだものの。

「あの、何をのんびりしてるんでしょうか？」

クオリスさんはお店からほど近い商店街に入り、屋台やらを物色し始めた。

今は大きな肉まんを頬張っている。

「戦場へ向かうのだから、腹が減ってはなんとやら、だ。そら、そなたも食すがよい」

「もごっ」

食べかけの肉まんを口に突っこまれる俺。

腹ごしらえはたしかに大切だけど、移動しながらでもできるし、北門付近に着いてからでもいいと思うんだけどなあ……。

あ、でもこれ美味しい。今度リィルにも教えてやろう。

などと考えているうちに、クオリスさんはようやく移動を開始した。

ところが、である。

「忘れものですか？」

なんと自分のお店に戻ってきたではないかっ。

クオリスさんは俺の質問には答えず、「ついてこい」とだけ言って看板のない自分の店に入る。

カウンターの横をすり抜け、奥の部屋へ。

俺の店と彼女の店は同じ建物をすっぱり二つに分けた作りになっている。

だから店の奥は作業スペース的な広間になっているのだが……。

不気味なほど薄暗い中、棚には妖しげな薬品が無造作に並んでいた。大きな瓶にはカエルやらヘビやらが液体の中で浮かんでいて、熊の手っぽいものが転がってもいる。

錬金術って、あんな素材を使うんだっけ……？

なんとなく『調合師』が使いそうなものだらけだ。『錬金術師』と『調合師』は被る領域があるにはあるけど、そういえばクオリスさん、今まで作ったのは薬品系ばかりだものなあ。

クオリスさんが部屋の隅で立ち止まる。手招きされて彼女のすぐ隣に近寄ると、クオリスさんは床へ手をかざした。

床にぼんやりと光の筋が浮かび、やがて魔法陣のような模様になった。

「これは……？」と尋ねる。

「転移門だ」

うん、まあ、【解析】で見たら、そのような感じのものであるのはわかっていたのですけどね。

「いやいやいやっ！　なんでそんなのがここにあるんですかっ⁉」

転移門って作るのにすごく手間暇と技術が必要で、そこらにほいほい構築できるものじゃない。

大魔導師クラスが特殊なアイテムを用いて複雑な魔法儀式を数日かけて行う、とかそんな感じだったはず。

この街には北門と南門にそれぞれ作られているけど、使うには利用料を払わなければならず、スキルポイントもけっこう消費する。

また、どこへでも移動できるわけではなく、別の場所にある転移門につなげる作業も必要だ。

この街の転移門はみな、周辺のダンジョンの入り口近くにつながっていた。

「細かいことは気にするな。偶然、我が作ったとだけ言っておこう」

偶然でできるもんではないよなあ……。

この人、魔力は高いし、魔導師でもあるのかな？

謎は深まるばかりだ。

で――。

深い森の中に転移した。

目印なのか大きな岩がある以外、なんの変哲もない森の中だ。転移門の魔法陣が消えると、ここにあるとは誰も気づかないだろう。

「こっちの転移門もクオリスさんが？」

「いや、これは使い古しだ。誰かが作ったものらしいな。いや、無理にこじ開けたというべきか。それはそれとして、この辺りは良質の薬草も多い。便利に使わせてもらおうと思ってな」

訊けば、街の周辺にあるほとんどすべてのダンジョンの入り口ともつなげているらしい。

誰かが間違って店の奥に出てきたりしないのかな？

「あちらの茂みを突っ切ると細い道に出る。そこを道なりに進めば、目的の場所はすぐだ」

クオリスさんはずんずん進む。

その後についていくと。

やがて黒い霧が周囲に立ちこめた場所についた。

その中にそびえる、おどろおどろしい建物。

古い砦だ。

黒い霧が壁面に貼りつき、風もないのに蠢くように模様を変えていた。

「ここからは気を引き締めてゆくぞ。黒霧自体は『魔素』が変質したもので害はないが、『呪い』を隠すのに最適だ。気づかず吸いこめば、ごっそりＨＰを持っていかれるぞ」

クオリスさんは言いつつも、俺の全身を包んでいる鎧に目を向けて。

「そなたの鎧なら、問題はあるまいがな」

見た目は『鋼の鎧』と変わらないのに、何か気づいているのだろうか？


【名称】

隼の聖鋼鎧

【属性】：—
S１：◆◆◆◆◆
（聖）
S２：◆◆◆◆◆
（風）
S３：◆◆◆◆◆
（混沌）

ＨＰ：1400／1400
性能：Ｂ－
強度：Ａ－
魔効：Ｃ＋

【特殊】
破邪の領域
軽量＋

【風】と【混沌】を付与して得られた『軽量＋』の特殊効果。革製の胸当て程度にしか感じないほど、軽くなっている。

そして『破邪の領域』は、セイラさんが持つ錫杖にあった『破邪の聖域』の下位互換だ。といっても、【闇】のダメージを軽減する効果以外はほぼそのままで、鎧を中心に領域展開するから移動しながらも可能。

ＨＰもかなり高くなっているし、ひとこぶオーガが出てきたってどうにかなるかも？

俺はクオリスさんと入れ替わり、先頭に立って砦の中へ突入した——直後。

ゴースト系の魔物に襲われた俺たち。

いわゆる脚がなくてふわふわ飛んでる感じの魔物なんだけど、黒い色をしているから暗がりと黒い霧でとても見えづらいっ。

しかもけっこう数が多くて、相手にしていたらキリがなかった。

というわけで。

「うむ。いいぞ。実によい。お姫様抱っこというやつだな」

俺はクオリスさんを抱えて砦の内部を逃げ回っていた。

なぜ彼女を抱えているのか？

『あー、我は走るの苦手だなー。きっと追いつかれてしまうなー（棒）』とか言うんだもんっ。

鎧は軽くなってるけど、女性を抱えて走るほどの体力も筋力も俺にはない。

それでもどうにか逃げられているのは、追いすがるゴーストさんたちがわりとノロマだからだ。

いやこれ、女性の走力でも十分振りきれるよね？

そんな真理に至った直後、大きな扉を蹴破って入ったところは大広間。黒い霧が充満していて把握しづらかったけど、セイラさんと見知らぬギャルがいた。

――そして、ギャルと対峙する、黒い大きな影。

「うぉっ⁉　こっちにもヤバそうなのがいるっ！」

これ、挟まれましたか？　と冷や汗が流れる俺でした――。

★

古砦に入るなりゴースト系の魔物に襲われ、逃げながらたどり着いた大広間。

背後からは当然、魔物たちがふわふわと俺たちを追いかけて広間の中に……って、あれ？

振り向けば、魔物たちは扉の前で上下左右にうろうろおろおろ。

「どうやら、この砦の主を恐れて入ってはこられぬようだな」

俺が絶賛お姫様抱っこ中のクオリスさんが言った。

「とはいえ、いつ立ち入るかは知れぬ。扉は閉じておくか」

じっと見つめられたので、俺は彼女をそっと降ろし、びくびくしながら扉へ向かい、素早く

閉めてほっとひと息。

まずは冷静に状況を確認しよう。

黒い霧が充満する中で、ぽっかり空いたような半球状のドーム。

その中にセイラさんが立っていた。太ももが露わになった姿にドキドキする。

ドームは『聖竜の錫杖』の特殊効果『破邪の聖域』によるものだ。

彼女の足元には三人の男女が横たわっている。【解析】スキルで見たところ、Aランク相当の冒険者っぽい。『膨張の呪い』を受けたものの、セイラさんが治してくれている真っ最中のようだ。


で、正面に目を戻すと。

「やっほー♪　ダルクだよ☆　冒険者やってまーす」

ギャル風の褐色美少女が大剣を構えたままウィンクしてきた。

セイラさんの冒険パートナー、だよね……？　なんか軽いな。

俺はどうもと会釈して、彼女の前に佇む黒い影に視線を移した。

二メートルはあろうかという巨大な鎧。真っ黒だ。いきなり現れた俺とクオリスさんを警戒しているのか、様子を窺っている風だった。

ならば、俺もじっくり確認させてもらおう。【解析】で奴のステータスを表示する。

【名称】

彷徨う魔鎧

【属性】

闇

ＨＰ：1366／2100
(2100)
ＭＰ：322／550
(550)
体力：A＋
筋力：S－
知力：C
魔力：B＋
俊敏：A－
精神：E

【スキル】
精気吸収(呪)：A
神殿構築：C
溶解：C
自己再生：D
耐聖：E

めちゃくちゃ強そうっ！　てか強いっ！

魔法はないけど、特殊なスキルがてんこ盛り。危険度はA……いや、Sに届いてるんじゃ？

クオリスさんが言っていた『砦の主』ってので間違いないらしい。こいつが、マレーナさんや彼女の仲間を襲った張本人だな。

てことは、セイラさんの足元にいる三人組は、マレーナさんと一緒に来た冒険者だろうか？

「ＧＵＧＵＧｒｒ……」

低く唸るような声を発し、俺に眼光（？）を向けている。めっちゃ怖いよっ。

クオリスさんが楽しげに笑う。

「これは面白い。魔神の鎧が魔物化したか。ダルクが手こずるのも納得であるな」

「おかげでお腹、ぺっこぺこだよー」とダルクさんがげんなりする。

「ふむ。セイラは治癒で手一杯であるか。となれば——」

クオリスさんはいっそう笑みを咲かせ、

「アレの対処は、そなたが適役であるな」

なぜ、こちらを向いていらっしゃるのでしょうか？

俺はニコニコした視線を避け、助けを求めるようにセイラさんを見た。

なぜ、『なるほどー』って納得顔なのでしょうか？

「そう怯えずともよい。通常の魔物であれば、そなたでは手も足も出ぬであろうが——と、無駄話をしている場合ではなさそうだ」

ぞくりと、背に悪寒が走った、直後。

「GUGAAA!!」

黒い鎧が俺めがけて突進してきたぁっ!?

「はっはっは。彼奴も、そなたを最大の脅威であると感じ取ったらしいのう」

「笑い事じゃないっすー」

俺は腰が引けつつも、避けてどうにかなる状況ではないと覚悟を決め、『鋼の剣』を構えた。

が、こんなもので危険度S近い魔物の攻撃を防げるとは思えない。

【解析】を発動。

『鋼の剣』の強化を試みる。

ふだんは指先でウィンドウをなぞり、強化を施していくけど、『鋼の剣』を片手で扱えるはずもなく、両手は柄を握るのでふさがっていた。

意思だけで、ウィンドウを操作する。詳細情報を表示させるときはこれでも可能。一縷の望みをかけてやってみたら――できたっ！

『鋼の剣』に【土】属性をぶっこみ、強度を増す。特殊効果に『硬化＋』が付いたので、それも発動。

黒い鎧が打ちこんできたこぶしを、剣の腹で受ける。

重い衝撃に、吹っ飛ぶ俺。ついでに剣が手から離れ、飛んでったよ⁉

しかも、である。

「ぐえっ！」

黒い鎧が追いかけてきて、俺の喉をつかんだ。そのまま持ち上げられる。

さらに――。

「ぐ……え……？」

黒い霧が、奴の腕から大量に染み出してきて、俺の鎧を包みこんできた。眼前に表示された鎧のＨＰゲージが、みるみる減っていく。

これ、呪いか？　いや、【溶解】スキルで『隼の聖鋼鎧』が溶かされてるっ。実際には溶けていないが、ＨＰが０になったら溶ける。間違いないっ。

そうなったら、俺の貧弱ＨＰが一瞬でなくなるのは確定的に明らか。

ヤバいっ。死ぬぅ！

何か、何か手はないか？　鎧のＨＰがどんどん減って焦りまくりながら、必死に打開策を考える。

答えを相手に求めようと、【解析】スキルをフル稼働であらゆる情報を読みまくっていたら。

魔物のステータスとは別のウィンドウ画面が気になった。

【名称】
ベリアルの呪鎧
【属性】
闇
Ｓ１：◆◆◆◇◇（闇）
Ｓ２：◆◆◆◇◇（闇）
Ｓ３：◆◆◆◇◇（闇）
Ｓ４：◆◆◆◇◇（闇）
Ｓ５：◆◆◇◇◇（闇）
Ｓ６：◆◆◇◇◇（闇）
Ｓ７：◆◆◇◇◇（闇）
ＨＰ：1750／1750
性能：Ａ－
強度：Ａ＋
魔効：Ｂ＋
【特殊】
膨張の呪い
闇の加護＋＋
筋力UP＋
サイズ調整

おー、すごいな。強化が中途半端ではあるものの、Aランクの鎧じゃないか。でも身に着けたら『膨張の呪い』が降りかかってしまうな。

まあ、【闇】属性をとっぱらって【聖】でもぶちこめば、呪いの特殊効果はなくなりそうだけど。

などとアイテム強化職人らしい分析をしていて、ハタと気づく。

俺今、殺されかけてるんだった。

でも同時に、気づいてしまった。

――アレの対処は、そなたが適役であるな。

クオリスさんが言った意味。

この『ベリアルの呪鎧』なる防具が、どこの何であるのか。

眼前のウィンドウを凝視する。

――強化スロットを開放しますか？

イエス。イエスイエスイエスイエスイエス。

――付与する属性を選択してください。

【聖】。

――チャージレベルを選択してください。

全部に決まってる。


俺はただひたすらに、強化を試みた。

中途半端に埋まったスロットをすべてまっさらに開放し、それでも足りなさそうだったので、すべてに【闇】と相克する【聖】属性をフルチャージして――。

『隼の聖鋼鎧』はHPが0になり、みるみる溶け始めたところで。


「GU……GYAAAA!!」


黒い鎧は雄叫びを上げて俺を放り投げた。

地面に叩きつけられ、『隼の聖鋼鎧』は溶けた部分を起点にバラバラになる。俺のHPがちょっと減りました。

でも、どうやら俺の勝ちのようだ。

黒い鎧は苦しみもがき、体から黒い霧がぶわっと放出されたかと思うと、ぴたりと動きを止め。

ガシャン、とその場に崩れ落ちた。


【名称】

ベリアルのへたれた魔鎧

【属性】

闇

S1：◆◆◆◆◆(聖)
S2：◆◆◆◆◆(聖)
S3：◆◆◆◆◆(聖)
S4：◆◆◆◆◆(聖)
S5：◆◆◆◆◆(聖)
S6：◆◆◆◆◆(聖)
S7：◆◆◆◆◆(聖)

HP：500／500
性能：C－
強度：C
魔効：C－

【特殊】

サイズ調整

もともと【闇】属性のものを【聖】で強化したからか、ステータスがかなり下がっている。アイテムは素材などの関係で、属性が固定されたものがある。あるいは『ギリーカード』みたいに、どう強化しても属性が『－』の表記（『属性なし』の意）のままだったり。

特殊効果もほとんど消え、呪いの大元もなくなっていた。

てか、『へたれた魔鎧』って……。

ともあれ、同時に魔物としてのステータス画面も消え失せていた。

「はあぁぁ……、死ぬかと思った……」

へたりこむ俺。いまだに生きた心地がしない。

そこへ、大剣を担いだダルクさんがやってきた。

「やー、お疲れちゃん♪　すごいね、キミ」

「あ、その……ありがとうございます」

ねぎらいに対するお礼だけでない。

この人はずっと、いつでも俺を助けられるよう、大剣を構えて準備していた。視界の端でそれを捉えていたとは言わず、ただ感謝の言葉を口にした。

にっと屈託なく笑う彼女を見て、生きた心地が戻ってきた気がした。

ぶるり。

安心したとたん、寒気が襲ってくる。鎧を剥がされ、俺は薄手の長袖長ズボン姿になっていたからだ。ここ、けっこうひんやりしてるね。

「そのような格好では外を歩けまい？」

クオリスさんも寄ってくる。

「でも、替えの服なんて持ってきてないですし」

「そこにあるではないか」

クオリスさんのしなやかな指が示した先。

黒い鎧が落ちていた。

「いやいやいや。呪われ……は、もうしないのか。でもサイズが違いすぎて……」

「この手の鎧は自動でサイズが合うようになっておる」

たしかに、唯一残った特殊効果に『サイズ調整』ってのがあるな。

俺はおどおどしながらも、兜を手に取ってみた。

重い。この重さで全身を包むとか立ち上がれないよ……。

ひとまずスロットを全部空にすると、『筋力UP』と『闇の加護』の特殊効果が戻ってきた。

俺の貧弱ステータスでは多少の筋力がアップしても心許ないので、【風】を2スロットに付与し、『軽量+』を生み出す。

で、着てみたところ。

「なんだ……、これ……？」

視界が、広い。というか、視線が高い。

足元を見ると、俺とは思えないほど足が長く思えた。

腕を前に出す。これまた長い。肘を曲げてみたが、明らかに俺の腕の長さでは、関節でないところ（手首と肘の間くらい）で折れ曲がっていた。

「なんだこれっ!?」

気持ち悪いよっ。

ちゃんと調べてなかったので鎧の特殊効果『サイズ調整』の詳細を表示させると、どうやら鎧に合わせて使用者の体を調整する効果らしい。ふつう逆じゃない？

最初こそ戸惑ったものの、ちょっと体操してみたが、意外にもしっくりくる。

手足の長さや目線の高さはすぐに慣れた。

俺が調子に乗って飛んだり跳ねたりこぶしを突き出したりしていたら。

ドガッ！

大広間の入り口が破られた。

大挙して突入してくるゴースト系の魔物さんたち。君らいたんだった忘れてた！

「はいはーい。まっかせてー♪」

風よりも速く、魔物の群れに突っこむダルクさん。大剣をひと振りすると、魔物が数匹消え去った。すげえっ。

魔物たちは怯んだものの、ぐわーっとダルクさんに襲いかかる。

「あちゃー。けっこういるなー。悪いけど手伝ってくんない？」

俺ですか？

「今のそなたなら、支援くらいはできよう。その魔鎧、うまく使うがいい」

しれっとおっしゃるクオリスさん。火の魔法でダルクさんを援護する。

無茶振り、とは思わなかった。

俺は飛ばされた剣を拾い、漆黒の鎧をちょちょいと強化して、魔物の群れを迎え撃った――。


――で、まあ。

ヌシがいなくなって魔素が薄くなり、新たに魔物は発生しなくなったらしく、時間をかけて砦に巣食う魔物たちは全滅させた。

俺はダルクさんを避けてきた臆病者たちを主に担当したのと、高ＨＰと防御力を誇る新たな鎧のおかげで命をつなげられた。

最後はへとへとになって、クオリスさんに引きずられて先に帰ったわけだけど。

数日も経つと、街に妙な噂が流れた。

曰く、『黒い全身鎧を着た正体不明の黒騎士が、魔物の巣窟を攻略した』、と――まさか、俺のことじゃないっすよね？

エピローグ　とある職人の決意

薄闇の中、まどろむ思考に鈍い音がこだまする。

いつの間にか意識が戻り、まぶたが開いていたと、女は感じた。

大剣を振り回す少女が、次々に魔物を消し飛ばしている様が目に飛びこむ。

その、すぐ後ろ。

女は恐怖でカタカタと歯を鳴らした。

どす黒い鎧が、中型剣を手に佇んでいたからだ。

自分たちは、アレに取り込まれた。黒い霧に襲われる中、あのどす黒い鎧をはっきりと目にしていた。

だから再び恐怖に身を竦めたのだ。

「大丈夫ですよ」

柔らかな声が降ってくる。目だけ動かすと、覆いかぶさるように美しい少女がこちらの顔を覗きこんでいた。

「彼は、貴女がたを襲った魔物ではありません。その魔物を倒し、鎧を手に入れたのです」

信じられなかった。

Aランク冒険者である自分たちが、三人がかりで手も足も出なかった魔物。

パーティーメンバーの一人を逃がすのがやっとだった相手。

となれば彼は、Sランクに相当する冒険者なのだろうか？

鈍い音は鳴りやまない。

大剣を振るう少女に対し、漆黒の鎧は彼女を見守る位置で動かなかった。ときおり少女の脇を抜けてきたゴースト系の魔物を、淡々と手にした中型剣で払い落しているだけ。

（ああ、でも……）

女は静かに目を閉じる。

ゆっくりと意識を沈めていき。

（自分は、解放されたのか……）

いつ終わるとも知れない苦しみから。

これで安らかに死ぬことができると安堵した彼女だったが、実際には生きて再び目を覚ますことになる。

彼女たちを救ったのは、大剣の少女ダルク、聖職者セイラ、そして。


正体不明の、黒い騎士と後に聞かされた――。

★

『膨張の呪い』で死にかけていた冒険者三人を救ったのは、ダルクさんであり、セイラさんだ。

たぶん、俺が行かなくても彼らは助かっていて、俺はたまたまその場に現れ、『彷徨う魔鎧』なる魔物を倒したにすぎない。

当然、恩に着せるつもりはない。

情けなくも途中退場したのだけど、もし彼らが目を覚ます瞬間までその場にいたとしても、彼らにあいさつする気はなかった。

ダルクさんやセイラさんが俺の名を彼らに伝え、仮にお礼に現れたら、『いえいえお気になさらずに』でお終いな話だ。

ところが、である。

古砦の一件から十日ばかり経つと、街では『正体不明の黒騎士』の噂が飛び交っているではないか。

当初こそ『そんなすごい人がいるのかー』とのんびり構えていた俺だったが、断片的な情報が寄り集まり、たしかな形を成してくると、『あれ？　それって俺のことじゃね？』と考えるに至ったわけだ。

たしかに俺はそのとき冒険者たちには名乗らなかったし、その後も『ベリアルの魔鎧』を手に入れて気をよくしていたので、報奨金目当てに名乗り出ることもしなかった。（そもそも冒険者登録をしていない俺は報奨金を受け取る権利がないのだけど）

さて、この状況をより把握するにあたり、おそらく噂の出どころであろうセイラさんに尋ねたかったのだが、彼女はダルクさんとしばらく新ダンジョンの探索に出かけていたので不在だった。

ついで、というのは変だけど、そろそろ俺の能力について、同居人には伝えておきたい。

すでにリィルには転生したこと（俺の中身がおっさんであること）以外は伝えてあって、『なんだかよくわからないけどアリトお兄ちゃんはすごいねっ！』とのお言葉をいただいているわけだが、それはそれとしてセイラさんは信用できる人だからね。

で、本日夜、無事ご帰還なされたので、ちょっと豪華な夕食を（ほぼほぼリィルが）用意して待ち構えていたところ。

「やっほー♪　お邪魔すっるよー♪」

「ふむ。なかなか食欲を誘う料理であるな」

「なんで貴女がたまでっ!?」

ダルクさんとクオリスさんもやってきたぞ？

まあ、セイラさんの冒険パートナーだし、お隣さんだし、賑やかなのはいいことだ。

ただ、話がしづらい感じだな。

しかも俺の能力の話は、ダルクさんとクオリスさんにしてよいものか迷う。クオリスさんはいろいろ気づいてそうな雰囲気だけど、どうしよう？

「わわっ、お料理足りるかな？」とリィルは困惑。

「これだけあれば十分である。我らはコレもあるしの」

クオリスさんが酒樽を掲げてみせる。瓶ではなく、樽。どんだけ飲むつもりだ？

「言っときますけど、俺とリィルは飲みませんよ？」

俺は三度の人生を経験した中身おっさんではあるが、今は未成年。それに、もともとお酒は好きじゃない。

しかも前前世では周りの期待に反してぱっとしない現状を憂い、酒に逃げた時期があり、ちょっとしたトラウマになっているのだ。（前世はストイックすぎて一滴も飲まず、逆に心を病みかけたが）

「なに、強要はせぬ。それよりこの安酒を上等なものにしてもらいたいが、どうか？」

強化して美味くしろってことかな？　前にエールを強化したことがあるけど、あまり強くし過ぎると酔いが加速するので、俺はちょろっとだけ【火】で強化する。

そんなこんなで、ホームパーティー的なものが始まったわけだが。

「ん〜っ。美味しい〜♪　リィルっち、料理上手だねー」

「えへへ♪　ダルクお姉ちゃん、たくさん食べてね♪」

「やーうれしーっ！　ギュッてしちゃうっ」

「わ、ちょ、くすぐったいよぉ」

このギャル、ノリノリである。

もともと軽い感じだけど、お酒が入ってあられもない方向に進んでやしないだろうか？　褐色肌でわかりにくいが、顔も赤いぞ。

「ていうか、ダルクさんって俺と歳はそんな変わらないですよね？　お酒なんて飲んでいいんですか？」

「えー？　アタシはもう立派に自立してるし？　いいじゃんいいじゃん？」

ダルクさんはリィルに頬ずりしながらそうおっしゃる。

そして俺の傍らからはぼそりとした声が。

「わたくしだって、まだまだ若いです……」

ぐびーっと杯を空ける聖職者。セイラさんの真っ白な肌は、ピンクに染まっていた。

うーん、このままでは真面目な話ができなくなってしまわないだろうか？

危惧した俺は、ひとまず『正体不明の黒い騎士』がどうしてこうなったのか尋ねることにした。

「セイラさんにお聞きしたいことがあるんですけど」

「なんれすか～？」

ろれつが回ってないっ⁉　めげずに質問する俺。

「街で噂になってる、正体不明の黒い騎士ってなんなんですか？」

ほへ？　とまぶたを半分下ろしたセイラさんがこちらを向く。

「あ～、あれれすか～。わらくひは～、魔物を倒しのは、アリトさんれすっ、てぇ、伝えようとしたんれすけろ～」

どうやらダルクさんが聞かれるたびに『誰だかはわからない』と答えたとのこと。

お酒に飲まれている感じのセイラさんからダルクさんへ交代する。

「ぶっちゃけ、キミだってバレたら面倒になるんじゃん？　って思ったの。だってほら、キミって冒険者登録してないじゃん？」

たしかに冒険者に登録していない者が、依頼をこなす行為は忌避されている。

でも禁止されているわけじゃなかった。

旅の途中で依頼対象の魔物に襲われることもあるし、偶然迷いこんだ場所が探索対象のダンジョンだったり、とかね。

とはいえ、冒険者への依頼は命にかかわるものが多いので、実力と覚悟を持った者でなければ向かわせられないという事情がある。

今回の場合はわりとグレーな感じなのだけど、後付けて冒険者登録をして、という方法がないわけではなかった。

ところが。

「知らないの？　冒険者が依頼をこなしたら、ギルドへ詳細の報告義務があるんだよ？」

ダルクさんの話によれば、報告には相手をした魔物の種類、数、その場所、ドロップ品はもちろん、どうやって倒したかも含まれるそうな。

前世がどうこうというより、この街のルールらしい。知らなかった。てか面倒だな。みんな文句を言わないのかな？

「あれ？　でもそうなると、ダルクさんたちは詳細な報告をしていないってことになりません？」

「まあねー。キミ、知られたくないことがあるっぽいし？」

「でも、それじゃあダルクさんたちが依頼の報奨金を受け取れなかったんじゃ？」

「もらったよ？」

「あ、そうなんですか……よかった」

「つっても、審査が長引いたけどねー。で、今日もらってきたんだけどぉ」

ダルクさんはほろ酔い顔で腰のポーチに手を突っこみ、ドカン、と。

重そうな革袋をテーブルに置いた。

「これ、キミの取り分ね。七百万ギリー」

「現ナマ⁉」

「支払いは『ギリカ』だったけど、さっき銀行から下ろしてきた」

「なんでまたっ⁉」

「数字のやり取りだけじゃ、味気ないじゃん？　それに、ギリカでのやり取りは履歴が残るから、後々のことを考えれば、ね」

ぱちんとウィンクする様にちょっとドキドキする俺。

同時に、気をつかわせてしまったことが申し訳なく。

そうだな。

ダルクさんは信用のおける人だ。セイラさんがパートナーに選ぶだけはある。

クオリスさんだって、見ず知らずの俺にいろいろ世話を焼いてくれて、そもそも全部気づいてるっぽい。

俺は三人をぐるりと見回して、告げる。

「あの、実はみなさんにお話があります」

わいわいしてたみんなが、ぴたりと動きを止める。注目を浴びて緊張がＭＡＸになりつつも、俺はたどたどしく、自身の能力について話し始めた。

全属性を持つこと。

【アイテム強化】スキルがランクSであること。

固有スキル【解析】を持っていること。

聞いたこともない【強化図鑑】のこと。


俺が話し終えると、少しの間を挟み。

「へ、へえー、そーなんだー、すっごーい」

「な、なるほどー、いろいろ疑問がつながりましたねー」

二人、めっちゃ棒読みじゃありません？

クオリスさんに至っては『我、知ってたし？』みたいな顔してるしっ。

「そも、秘密にすることであるのか？　自ら喧伝すれば依頼は殺到、商売は大繁盛ではないか」

「そんなどころじゃない騒ぎになりますよ。それに――」

俺には夢がある。

アイテム強化職人は、あくまで通過点。そこで騒ぎになって、誰かに俺の将来をあれこれ干渉されるのは、前世や前前世でこりごりなのだ。

だから、きっぱりはっきり宣言する。

「俺、冒険者になりたいんです。いつか冒険者として成り上がりたいんですっ」

渾身の告白に、

「すごいよ、お兄ちゃんっ！」

目を輝かせたのは、あれ？　リィル一人だけ？

セイラさん、ダルクさん、クオリスさんの三人は、ぴしっとしばらく固まったのち。


「「「えっ!?」」」


なんか予想外の驚き方をしていらっしゃるぞ？

「ちょっと待ってください、アリトさん。それでは、どうして【アイテム強化】スキルをSまで上げたのですか？」

「俺、素のステータスがめちゃくちゃ低くて、成長性もたぶんダメダメだから、自分に合った最強の装備を作ろうかなって」

あんぐりするお三方。

それぞれ目配せしたかと思うと、部屋の隅に集結した。なんだ？

こそこそ何やら話している。

「聞いてないんだけどっ!?　てかアタシ、ちゃんと『アイテム強化職人になりたい』って聞いたんだけどっ！」

「我とて予想外だ。あ、いや、何か変であるな、とは感じていたが……」

「でも、方針としては問題なくないですか？」

漏れ聞こえる声はだんだん小さくなって、よく聞き取れない。

やがて、話はまとまったようで、三人は立ち上がると。

「すごいですね、アリトさん」

「だねー。自分の実力をちゃんと理解したうえで」

「確たる将来設計をしておるのだからな」

うんうんうん、と俺を褒めつつ納得した顔をしてから、

「わたくし、応援しますねっ」

「戦闘技術は教えてあげるよー」

「なんでも訊くがよい」

とても力強い励ましまでいただけた。

「リィル、お兄ちゃんとパーティー組むぅーっ！」

そんな未来を楽しみにしつつ。

「よしっ。俺、がんばるよっ！」

いずれ冒険者で大成するために、俺はあらためて決意するのだった——。

でもね、現実というものは、何が起きるかわからないのですよ。
そう、ドラゴンに轢かれたりとか。
職人ライフが、やたらと順風満帆に進んでやめられなくなったり、とか……？

書き下ろし短編
リィルの宝物

俺は三度の転生を経て、今は四度目の人生を送っている。

過去三度の人生で、俺はすべて一人っ子だった。厳密には今回も一人っ子なのだが、俺が三歳のときに、母が生まれたばかりの赤ん坊を託された。

それがワーウルフのリィルだ。

以降、俺とリィルは本当の兄妹のように育った。

人見知りの激しい子で、物心ついてからも俺の後ろをくっついて離れなかった。それが今では冒険者学校の入学を目指し、一人で予備校に通うほどになっている。

兄としては誇らしい限りだ。

「ふぅん、兄として、ねえ……？」

ダルクさんが赤い顔でニヤニヤとしている。

「みなさん、知っていますか？　お二人、いまだに一緒にお風呂に入っているんですよ？」

目が据わった感じのセイラさんの顔も紅潮していた。

「それは倫理的、道徳的にどうなのであろうか？」

クオリスさんは比較的まともそうな顔をしているが、こちらも頬が色づいている。

彼女たちに俺の秘密を打ち明けた夜は、まだ終わっていない。

酔っ払いたちは絡みモードに入ったらしく、俺とリィルの関係を詳らかにしようと質問攻めしてきたのだ。

これまで『なんとなく訊いちゃ悪い』雰囲気があったそうで、同居人のセイラさんは尋ねてこなかったのだが、お酒の勢いもあり、率先して根掘り葉掘り質問してくる。

転生うんぬんは秘密にしつつ、俺が一人でタジタジしていると、

「なになに？　なんのお話してるの？」

洗い物を終えたリィルがやってきた。いつもはセイラさんと一緒にやるのだが、酔っ払いには任せられないので、一人で頑張ってくれていたのだ。

「リィルさん、申し訳ありませんでした」

「いいよ、セイラお姉ちゃんにはいつも手伝ってもらってるし」

ニコニコ顔のリィルは、尻尾をぱたぱたさせて席に着いた。

「で、なんのお話してたの？」

「アリトくんとリィルちゃんの関係について」

ダルクさん直球だなオイ。

「？　お兄ちゃんはお兄ちゃんで、リィルは妹だよ？」

ほら、我が妹もそれ以上でも以下でもないとおっしゃっているではないか。

「ふうむ、しかし兄妹といえど、浮ついた話のひとつや二つはあろう？」

「浮ついた……って、どんな？」

まだこの子、男女の色恋に疎いと思うのですけどね。

「お兄ちゃん大好きーってなったエピソードとか？」

「アリトお兄ちゃんのことは生まれたときから大好きだよ？」

いや、それはおかしい。少なくとも出会うまでには間があったはずだぞ。

リィルは三人に食い下がられて考える。

と、ポケットをごそごそして、

「これ、お兄ちゃんにもらったんだー」

リィルの小さな手に収まるサイズの、木彫りの短剣を取り出した。

「お前、まだ持ってたのか」

見たとおり、サイズ的にも素材的にも武器としては役に立たないお守りみたいなものだ。

「え、なになに？　ほっこりエピソードでもありそうじゃん？」

「どのような経緯でプレゼントしたのか気になりますね」

「うむ、酒の肴にはちょうどよい。さあ、話してもらおう」

そんな面白い話じゃないと思うんだけどなあ。でも酔っ払いが大人しくなるならいいか。俺はぽわぽわぽわわんって感じで当時を思い出した――。

☆

俺は十歳になったころ、突如として限定スキルである【解析】を取得した。いまだに謎だがそれはそれとして、以降は【解析】を駆使し、ドワーフ族のトムおじさんのところで農具の修理を手伝う傍ら、こっそり強化して遊んでいた。

その日も、トムおじさんの作業小屋でシャベルとにらめっこしていたら、

「やあ、トムさん、精が出るね」

鍬を肩に担ぎ、どこからどう見ても農夫という出で立ちで現れたのは、何を隠そうこの村の神父さんだ。兼業農家の彼は今の時期、教会よりも畑にいることのほうが多い。

「どうしたよ、神父さん。鍬が壊れるには早いと思うんだがなあ」

「いやいや、この鍬なら問題ないよ。前に比べてずいぶん丈夫だからね」

「そりゃあ、そうさ。なにせ俺が鍛えたんだからな」

えっへんと胸を張るトムおじさん。

「丈夫なだけじゃなく、この鍬で耕すと土がなんだかふっくらしてね。今年は実りが多そうだよ。トムさん、何か魔法でもかけたのかい？」

「はっはっは、そうだろう、そうだろうさ。俺がたっぷりかけといてやったぜ？　愛情ってやつをな！」

ドヤ顔のトムおじさんに代わって説明すると、あの鍬は俺がこっそり【土】属性で強化している。強化用スロットはひとつだけど、フルチャージすれば強度はそこらの鍬より数段上。

さらに特殊効果『土壌改善（低）』が付く。効果自体は微々たるものだけど、作物への影響はそこそこあるようなのだ。というわけで、収穫時期は期待したい。

「おっと、無駄話はこのくらいにして、アリト」

渾身のドヤリを流されてしょんぼりしたトムおじさんにはお構いなしで、神父さんは俺に声をかけてきた。

「大したことじゃないんだが、さっきリィルを見かけてね」

「リィルがどうかしましたか？」

「蝶か何かを追いかけていたようで、川向こうへ駆けていったんだよ。あの子が迷子になるとは思えないが、暖かくなってきて森の獣も活発になってきている。ちょっと気になってね」

リィルはワーウルフなので鼻が利く。森の奥へ入ってもケロッとして帰ってくるのが常だ。まだ七歳の子どもだけど、俺はもちろん、大人でもリィルの素早さについていける人は少ないから、獣に出会ってもさほど危険はないだろう。

それでも心配が尽きないのが兄と言うもの。

「おれ、ちょっと見てきます」

ぶっちゃけ俺こそ森に入るのは危険なのだが、遠くからでも呼びかければリィルはすぐにやってくる。トムおじさんも神父さんも、そのことはわかっていた。

「だな。早いとこ行ってやんな」

「アリトも気をつけるようにね」

二人に見送られ、俺はリィルが向かったほうへと駆け出した――。


村の中を流れる小川を越え、村の外に出ると、木々が鬱蒼と茂る森がある。その中……ではなく、外側に立つ俺。村の周囲に魔物はいないけど、イノシシなんかに出くわすと怖いので。大きく息を吸いこみ、リィルを呼ぶべく大声を出す準備をしていたその最中のことだ。

「わきゃーーっ!!」

甲高い叫びが森の中から聞こえた。間違いない、我が妹のものだ。

「おいリィル！　どうした？　大丈夫かーっ！」

森へ突撃したい衝動を必死に抑えて呼びかけた。仮に大型獣が出たのだとしても、リィル一人なら逃げおおせる。足手まといにしかならない俺は、下手に介入しないほうがいいのだ。

「うわーんっ、おにいちゃぁーんっ」

ところが、森の中からはリィルの泣き声しか返ってこない。同じ場所に留まっているようで、声の大きさも方向も同じ。俺を呼んでいるが、俺の呼びかけには気づいていないようだ。

もしかしたらケガをして動けないのかも。

ならば静観している場合じゃない！　俺は森へと飛びこんだ。

声を頼りに茂みを掻きわけ進んだ先。大樹から少し離れたところで、丸まってしゃがんでいるリィルを見つけた。

同時に、彼女の周りをぶんぶん飛び回る黒い影が目に飛びこんでくる。

真っ黒で親指サイズの昆虫――カラスバチだ。

とても凶暴な大型の蜂で、強い毒を持っている。刺されると大人でも死ぬ危険があった。この辺りは生息域でないはずなのに。

「リィル！　そのまま動くんじゃないぞ！」

「お、おにいちゃぁん……」

リィルはぐずりつつも俺の言葉に従い、身を硬くした。

俺は上着を脱ぎ、足元に転がっていた石をふたつ拾い上げる。俺はこのとき、かなり動揺していた。だから確信があっての行動ではない。でも妹を助けたい一心で、藁にもすがる思いだった。

上着を【火】属性で強化。二つの石にも強化スロットに【火】をフルチャージする。

石を打ちつけると、強い火花が生まれ、上着に飛び移った。上着には【火】属性が付与されたため、燃えやすくなっている。簡単に火が点いた。

「このやろう！　リィルから離れろ！」

メラメラと燃える上着をつかみ、振り回しながらカラスバチを追い払う。煙で動きが鈍った隙に、リィルを背負った。七歳の子どもでも、今の俺も子どもなので相当な重みを感じる。

俺は片手で必死に燃える上着を振り回し、渾身の力をこめて茂みの中を進んだ。

森を抜ける。カラスバチは追ってきていなかった。

上着はすっかり燃え尽きて、俺の手はひどい火傷を負っていた。HP、0になってる……。でも必死すぎて痛みは感じない。それよりも、と俺はリィルを背から下ろし、状態を確認した。

いつしかぐったりとしていたリィルは、唇が紫色になっていた。顔色も相当悪い。

服をめくってあちこち調べると、右の手首あたりが赤く腫れあがっていた。まだリィルのHPは残っているけど、毒の攻撃を受けてしまったらしい。『強毒』状態が付与されていて、HPが徐々に減っていた。

のんびりはしていられない。俺はまたリィルを背負い、教会へと急いだ。

道中出会った人に頼んで、畑仕事中の神父さんを呼んできてもらった。教会の奥の部屋にある部屋にリィルを寝かせ、神父さんが毒消しの魔法を施したものの、

「ダメだ……やはり私の魔法では毒が消えない」

魔物が現れない田舎の貧しい村だから、備蓄の毒消し薬も低位のもの。カラスバチの毒は解除できない。

「隣町にならば高位の毒消し薬があるはずだから、その間は回復薬で持たせるしかないな」

神父さんは小回復の魔法が使える。教会や村の家々にも回復薬はそこそこあるから、幼いリイルでも一晩を持ちこたえることはできる。

「アリト、おにいちゃん……」

でも、朦朧としながら俺を呼ぶ妹を、兄として放っておけるわけがない！

「おれ、倉庫を見てきます」

「アリト？　ちょ、待ちなさ――」

神父さんの声を無視し、俺は教会の裏手にある倉庫に飛びこんだ。

棚に並んだ小瓶は、みな低位の回復薬や毒消し薬ばかりだ。

けど、俺にはランクSの【アイテム強化】スキルがある！

毒消し薬に【聖】属性をぶちこみ、『強い毒消し薬』に進化させる。ついでに回復薬も上位のものに進化させておいた。

「神父さん、ありました！」

「え？　いや、それはただの――」

入れ物に変化はないから、子どもの妄想だと思われたかもしれない。俺は気にせず、小瓶の栓を抜いてリィルの口へと運んだ。

こくりと飲み下した直後、すうっと目に見えてリィルの顔色がよくなった。【解析】で解毒が完了したのを確認し、ついでに進化させた回復薬も飲ませた。

「ふにゃ……むにゃむにゃ、すぅ……」

リィルはそのまま寝てしまった。

神父さんを初め、集まっていた村の人たちはみな一様に驚いていた。俺自身、能力がバレても仕方がないと腹を括っていたが、幸いにも『不思議なこともあるものだ』とうやむやになる。


で、リィルが回復してから数日後。

俺は慣れない手つきで小さな木彫りの短剣をこしらえた。切れ味も何もない、ただのお飾りだが、【聖】属性を付与すると『清らかな木彫りの短剣』に進化する。

効果は『毒耐性（小）』という、これまたチンケなもの。田舎村で手に入る素材ではこれが限界で、カラスバチの毒に耐えられるかも怪しい。本当にお守り程度のものでしかなかった。

「おにいちゃん、ありがとう！　リィル、ずっとたいせつにするね！」

でもまあ、妹が無事で、満面の笑みが見られたなら、それで十分だ――。

★

「とまあ、そんなお話です」

俺が語り終えると、お三方はちびちびとお酒を口にしつつ、

「それってさ、『ほっこり』どころじゃなくない？」

「命を救ったばかりか、アフターケアまで万全ですね」

「完全に攻略フラグをおっ立てて回収まで完了しておるなあ」

何やら不穏当な発言をなさる。兄と妹の心温まる絆エピソードに何をおっしゃるのやら。

ただ、俺はこのとき失念していた。

今のお話、事の真相はこの場にいるもう一人も知らなかったという事実に。

「あのときリィルを助けてくれたのって、やっぱりお兄ちゃんだったんだね！」

目をキラキラと輝かせて叫んだのは、当事者たるリィルその人だ。

当時も高位の毒消し薬を見つけてきた俺にものすごく感謝していたのだが、実際に俺がスキルを使ったの聞き、それはもう大層喜んで、

「お兄ちゃん、大好き！」

つるつるぷにぷにのほっぺを擦りつけられる。

そんな俺たちを見て、

「「ごちそうさま」」

お三方はなんだかおなか一杯という感じで、それでもお酒をぐびぐび飲むのだった——。

あとがき

澄守彩です。またの名を『すみもりさい』です。

はじめましての方に向け、簡単に自己紹介を。

私は第一回講談社ラノベ文庫新人賞で大賞を受賞いたしましてデビューしました。

その後、同レーベルで四シリーズを刊行させていただきつつ、並行してWeb小説投稿サイト『小説家になろう』さまにて平仮名名義で活動しています。

この度、連載中の本作がUG novelsさまで書籍化される運びとなりました。

そんなわけで、今後ともよろしくどうぞ！


さて、あとがきからご覧になられている方向けに、本作品の概要を簡単に。

本作品は現地主人公の異世界モノです。

うだつの上がらないおっさん冒険者がある日、巨大ドラゴンに轢かれて死亡。同じ世界に記憶を持ったまま転生して……となるわけですが、なぜかそれが三回、繰り返されます。

ええ、三度です。

三度ドラゴンに轢かれ、三度転生して四度目の人生がメインのお話。

いくら気をつけようともドラゴンの突進は回避できないという教訓……は別に含んでいませんので横に置き。

轢いちゃったほうのドラゴンたちは、転生した彼が幸せな人生を送ってほしいと切に願っていて、それでもドラゴンに轢かれまくる彼が心配で心配で――。

四度目の人生では、三匹とも人の姿（美少女or美女）に成り変わり、彼の側であれこれと世話を焼いてくれっちゃったりします。

そうして彼は、アイテム強化に特化した職人スキルを慰謝料代わり（無自覚）に授かり、チート職人としての人生を歩んでいきます。


基本、ほのぼのスローライフ。

ときどき魔物と戦ったり人助けをしたりするよ！　とかそんなお話です。

のんびりゆったり、楽しい異世界職人ライフをお楽しみください。


ここらで謝辞をば。

イラスト担当の弱電波さん。ドラゴンズ人型バージョンや獣人系懐き型妹を可愛く、美しく描いて下さり、感謝感激です。生き生きした彼女たちに癒される日々。本当にありがとうございます！

UG novels編集部の皆さま、担当さん。本作品に注目してくださり、またいろいろとご助言いただき、誠にありがとうございます。今度ともよろしくどうぞ！

最後になりましたが、読者の皆さまへ心からの感謝を。

Web版をご覧の方もそうでない方も、お楽しみいただけましたら幸いです。

澄守　彩

UG novels UG004

ドラゴンに三度轢かれた俺の転生職人ライフ
～慰謝料《スキル》でチート＆ハーレム～

2018年2月15日 第一刷発行
2018年3月1日 第二刷発行

著者 澄守彩
イラスト 弱電波
発行人 東 由士
発行 発行所:株式会社英和出版社
〒110-0015 東京都台東区東上野3-15-12 野本ビル6F
営業部:03-3833-8777
http://www.eiwa-inc.com
発売 株式会社三交社
〒110-0016
東京都台東区台東4-20-9 大仙柴田ビル2F
TEL:03-5826-4424／FAX:03-5826-4425
http://www.sanko-sha.com/
印刷 中央精版印刷株式会社
装丁・組版 金澤浩二(cmD)

ISBN 978-4-8155-6004-1

澄守彩先生・弱電波先生へのファンレターはこちらへ

あて先
〒110-0015
東京都台東区東上野3-15-12
野本ビル6F
(株)英和出版社
UGnovels編集部

本書は小説投稿サイト『小説家になろう』(https://syosetu.com/)に投稿された作品を大幅に加筆・修正の上、書籍化したものです。

『小説家になろう』は『株式会社ヒナプロジェクト』の登録商標です。

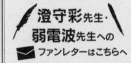